Tucholsky Wagner Zola Scott Sydow Freud Schlegel
Turgenev Wallace Fonatne

Twain Walther von der Vogelweide Fouqué Friedrich II. von Preußen
Weber Freiligrath Frey
Fechner Fichte Weiße Rose von Fallersleben Kant Ernst Richthofen Frommel
Hölderlin
Fehrs Engels Fielding Eichendorff Tacitus Dumas
Faber Flaubert
Eliasberg Ebner Eschenbach
Feuerbach Maximilian I. von Habsburg Fock Eliot Zweig
Ewald Vergil
Goethe Elisabeth von Österreich London
Mendelssohn Balzac Shakespeare
Lichtenberg Rathenau Dostojewski Ganghofer
Trackl Stevenson Doyle Gjellerup
Tolstoi Hambruch
Mommsen Thoma Lenz Hanrieder Droste-Hülshoff
Dach Verne von Arnim Hägele Hauff Humboldt
Reuter
Karrillon Rousseau Hagen Hauptmann Gautier
Garschin
Damaschke Defoe Hebbel Baudelaire
Descartes
Hegel Kussmaul Herder
Wolfram von Eschenbach Dickens Schopenhauer
Bronner Darwin Melville Grimm Jerome Rilke George
Bebel
Campe Horváth Aristoteles Proust
Bismarck Vigny Barlach Voltaire Federer Herodot
Gengenbach Heine
Storm Casanova Tersteegen Gilm Grillparzer Georgy
Chamberlain Lessing Langbein Gryphius
Brentano Lafontaine
Strachwitz Claudius Schiller Kralik Iffland Sokrates
Katharina II. von Rußland Bellamy Schilling
Gerstäcker Raabe Gibbon Tschechow
Löns Hesse Hoffmann Gogol Wilde Gleim Vulpius
Luther Heym Hofmannsthal Klee Hölty Morgenstern
Roth Heyse Klopstock Kleist Goedicke
Luxemburg Puschkin Homer
La Roche Horaz Mörike Musil
Machiavelli Kierkegaard Kraft Kraus
Navarra Aurel Musset
Nestroy Marie de France Lamprecht Kind Kirchhoff Hugo Moltke
Laotse Ipsen Liebknecht
Nietzsche Nansen Ringelnatz
Marx Lassalle Gorki Klett Leibniz
von Ossietzky May vom Stein Lawrence Irving
Petalozzi Platon Knigge
Sachs Poe Pückler Michelangelo Kock Kafka
Liebermann Korolenko
de Sade Praetorius Mistral Zetkin

Edmund und seine Cousine

Eine Erzählung aus dem Pariser Leben

Charles Paul de Kock

Impressum

Autor: Charles Paul de Kock
Übersetzung: Heinrich Elsner
Umschlagkonzept: toepferschumann, Berlin

Verlag: tredition GmbH, Hamburg
ISBN: 978-3-8424-6900-6
Printed in Germany

Text der Originalausgabe

Paul de Kock

Edmund und seine Cousine

Eine Erzählung aus dem Pariser Leben

Agnese, die Welt ist, traun, ein seltsam Ding!
Molière.

I. Eine Haushaltung

Es gibt Leute, die an Allem zweifeln, Andere, die über Alles spotten, und eine große Menge, die sich zu Allem für geschickt hält.

Es ist etwas sehr Bequemes um das Zweifeln, denn alsdann braucht man sich nicht die Mühe eines tieferen Studiums zu geben: man läugnet, was man nicht begreift. So z. B. sah ich viele Personen die Achseln zucken, wenn man ihnen von der Entfernung der Sonne von der Erde redete; sie entgegneten: man habe noch nie die Reise von der Erde zur Sonne gemacht, und wollten, von dieser Thatsache ausgehend, nicht an die Astronomie glauben. Der altgriechische Zweifelsphilosoph Pyrrho hat zahlreiche Anhänger.

Plus negare potest asinus, quam probare philosophus.
(Ein Esel kann mehr läugnen, als ein Philosoph beweisen.)

Ueber Alles zu spotten, ist gleichfalls eine sehr leichte Sache. Du lieber Gott, wie manche Leute gelten in der Welt bloß darum für gescheit, weil sie Andere verhöhnen. Aber der Spottgeist ist ein ärmlicher Geist, an welchem sogar die beschränktesten Gehirne einigen Theil haben. Lächerlich machen kann man Alles, wenn man will, selbst das Erhabene ist von diesem Schicksal nicht ausgenommen (zumal das, was man heutzutage für erhaben hält). Wenn euch viel daran liegt, so werdet ihr bei der Vorstellung eines Meisterwerks auf der Bühne wie bei der Vorlesung einer akademischen Rede Veranlassung zum Spotte finden; dazu braucht man nicht viel mehr als den guten Willen.

Endlich gibt es auch Leute, welche vor gar Nichts Respect haben, d. h. welche sich alle Fähigkeiten, alle Anlagen, alle Talente beimessen. Was sie nicht wissen, geht ihnen nur darum ab, weil sie sich nicht die Mühe geben wollten, es zu lernen, aber es hinge nur von ihnen ab, sich darin auszuzeichnen; was sie nicht thun, das thun sie bloß darum nicht, weil sie sich die Mühe dazu nicht geben wollen, denn – ich wiederhole es – die Wissenschaft ist ihnen gleichsam mit einem Trichter eingegossen, ihr Genie erstreckt sich auf Jegliches: sie würden Gold machen, wenn man überhaupt Gold machte. Inzwischen entlehnen sie einen Thaler von euch, weil gewöhnlich solche Leute, welche Alles verstehen, kein Mittel finden, ihren Lebensunterhalt zu verdienen. Wozu ein so großes Präambulum? wird man mich vielleicht fragen. Darum, weil Herr Edmund Guerval, der junge Mann, dessen Geschichte ich erzählen will, zu der letzten von mir angeführten Klasse gehörte. Bevor ich euch aber näher mit ihm bekannt mache, erlaubet mir, euch in ein kleines Gemach zu versetzen, das sich im vierten Stock eines sehr schönen Hauses der Vorstadt Poissonnière befindet.

Hier sitzen zwischen vier Wänden, deren Raum zugleich als Salon und Schlafzimmer dient, und wo man einfache, jedoch geschmackvolle Möbeln neben Ordnung und Behaglichkeit findet, drei Personen um einen runden Tisch, auf welchem eine bedeckte Lampe steht. Es ist nämlich Nacht und wir haben Winter. Fast hätte ich Lust, euch gleich den Wachtuhren auch die Stunde und Witterung anzuzeigen.

Erstens sehen wir dort ein junges, ungefähr zwanzigjähriges Frauenzimmer, eine hübsche Brünette mit schwarzen und sanften Augen (was sich gar wohl zusammen verträgt), deren Züge, ohne ganz regelmäßig zu sein, einen Reiz haben, welcher auf den ersten Anblick gefällt und anzieht. Ihre anmuthig geordneten Haare fallen in dichten Locken auf beide Wangen herab, verdecken aber eine hohe und weiße Stirne nicht, auf welcher Falschheit und Lüge niemals Platz gewinnen zu können scheinen. Dieses junge Mädchen heißt Constanze, sie ist das Bäschen von Edmund Guerval, dessen ich so eben erwähnte.

Neben Constanze sitzt ein anderes *à la Chinoise* frisirtes Frauenzimmer. Stellet euch eine jener schelmischen Physiognomien vor, auf welchen ein stetiges Lächeln schwebt, einen mittleren aber angenehmen Mund, mehr schalkhafte als große Augen, eine eher kleine als wohlgebildete Nase, endlich ein mehr drolliges als hübsches Gesicht, so habt ihr das Portrait von Fräulein Pelagie, der Freundin und Nachbarin von Constanze.

Die dritte Person ist ein junger Mann von fünf- bis sechsundzwanzig Jahren, weit mehr häßlich als schön, sehr blatternarbig, mit eingedrückter Nase, zu niederer Stirne, zu hellen Augen, den man aber wegen einer anständigen Scheu, welche bei jungen Leuten nicht mehr gewöhnlich ist, liebgewinnt.

Dieser junge Mann, dessen schicklicher, aber sehr einfacher Anzug durchaus nicht nach einem Stutzer riecht, hat seinen Platz neben dem Kamin und liest den beiden Frauenzimmern, welche mit der Nadel arbeiten, eine Geschichte vor:

»»Mitten in dem Walde erhob sich eine alte, zerfallende Kapelle, welche die Raben, die Nachteulen und Schuhu's zu ihrem Lieblingsaufenthalt gewählt hatten. Der gewaltige Adhemar ...‹«

»Mein Gott, Herr Ginguet, wie schlecht Sie lesen!« unterbrach Fräulein Pelagie den jungen Mann mitten in seiner Lektüre. »Sie hudeln! ... Sie mischen Alles durcheinander wie Kraut und Rüben, man kann sich darin nicht auskennen!« – »Und doch, mein Fräulein, halte ich bei jedem Punkte und Strichpunkte inne.« – »Ich weiß nicht, ob die Nachteulen oder der gewaltige Adhemar ihren Wohnsitz in der Kapelle aufgeschlagen haben!« – »Ich will es noch einmal lesen, mein Fräulein:

›Welche die Raben, die Nachteulen und die Schuhu's zu ihrem Lieblingsaufenthalte gewählt hatten ... Punktum. Der gewaltige Adhemar fürchtete sich nicht, um Mitternacht in die Ruinen einzudringen ...‹« – »Sie hätten den Muth dazu nicht gehabt ... Sie, Herr Ginguet« – »Und warum denn nicht, mein Fräulein?« – »Weil ich Sie für ein wenig feige halte.« – »Mein Fräulein, ich bin allerdings kein Eisenfresser, kein verbranntes Gehirn; aber Sie dürfen mir glauben, daß ich, wenn es sich um Ihre Vertheidigung, um dringende Beschützung Ihrer Person handelte, keine Gefahr scheuen würde.« – »Einstweilen aber muß man Ihnen auf der Stiege leuchten, wenn Sie Ihren Wachsstock vergessen haben.« – »Weil die Treppe im ersten Stock dergestalt gewichst und geglättet ist, daß ich immer zu fallen fürchte.« – »Ah! prächtig! Also wenn man hell sieht, ist es weniger glitschig! Ei, ei, ei! doch fahren Sie fort.«

»Um Mitternacht in die Ruinen einzudringen. Der Mond strahlte eben in seinem ganzen Feuer und der Widerschein bildete in dem Walde unzählige phantastische Bilder, welche ...‹« – »Wo ist denn meine Nadel hingekommen? Ich hatte sie kaum noch in der Hand; es ist eine ächt englische, auf die ich sehr viel halte.« – »Soll ich sie auf dem Boden suchen, Fräulein?« –»Ah! halten Sie, da ist sie. Wie dumm ich bin! Sie lag neben meiner Arbeit.«

»›Unzählige phantastische Bilder, welche jeden Andern in Schrecken versetzt hätten, als den edeln und heldenhaften Ritter, dessen ...‹«»Halt ... jetzt fehlt aber in Wirklichkeit mein Nadelbüchschen! Mein Gott, was habe ich für Unstern heute Abend! Ich muß es sogleich wiederfinden, mein kleines elfenbeinernes Nadelbüchschen: man könnte es zertreten, und es ist eines der seltenen Geschenke meines Onkels. Ah! da ist es, es lag auf meinem Schooß! Gut denn, lesen Sie doch weiter, Herr Ginguet! Sie hören ja jeden Augenblick auf; wie soll man da verstehen, was Sie lesen!«

»›Als den edeln und heldenhaften Ritter, dessen Furchtlosigkeit sich niemals verläugnet hatte. Der junge Adhemar zog sein Schwert aus der Scheide ...‹«

»Ach, wie einfältig! Wenn er seinen Säbel zieht, so versteht es sich von selbst, daß derselbe aus der Scheide kommt; das machen Sie dazu, Herr Ginguet.« – »Nein, mein Fräulein, ich mache nichts dazu; Sie können sich selbst überzeugen.« – »Das ist unnöthig; nur weiter.«

»›Aus der Scheide und ging ohne Zaudern durch die düstern Gewölbe der alten Kapelle hinein, indem er die von Alter morschen Thüren beim Tritte seiner Füße seufzen machte ...‹«

»Sage doch, Constanze, amüsirt Dich dieses Buch da mit seinen seufzenden Thüren? Ich finde es ohne Zusammenhang, ohne Interesse; da gefällt mir der kleine Däumling oder die Eselshaut besser. Dann liest auch Herr Ginguet so litaneiartig; mir kommt es vor, als hörte ich die alte Clarinette des blinden Spielmanns.«

Bisher hatte Constanze beharrlich geschwiegen, indem sie ihre junge Freundin Pelagie Herrn Ginguet ausfoppen ließ; sie schenkte der Vorlesung wenig Aufmerksamkeit, sah dagegen oft auf eine kleine Pendeluhr auf dem Kamin, welche eben halb zehn Uhr geschlagen hatte.

Da der Abend verstrich, ohne daß ihr Vetter Edmund eintrat, seufzte Constanze, denn das Mädchen liebte den Erwarteten zärtlich. Constanze war mit Edmund so zu sagen erzogen worden; ihre Mütter waren Schwestern und Beide hatten noch sehr jung ihre Männer verloren; ihr Entschluß stand fest, sich nicht wieder zu verheirathen, um ihre ganze Sorgfalt der Erziehung ihrer Kinder zu widmen.

Die Schwestern wohnten zusammen, und ihr süßester Gedanke war, Edmund und Constanze, welche Letztere nur vier Jahre weniger als ihr Vetter zählte, einst mit einander zu verbinden.

Alles traf ein, um den beiden Kindern einen glücklichen Ehebund zu prophezeihen; sie liebten sich wie Bruder und Schwester, und man durfte voraussetzen, daß mit den Jahren die Liebe an die Stelle der Freundschaft treten würde. Was das Vermögen betrifft, so paßte es gleichfalls: jede Schwester besaß fünftausend Franken Renten, die sie ihrem Kinde ganz zu hinterlassen hoffte.

Indeß hatten diese Damen *die beiden Schwiegersöhne* und den *Vater Gorio* gesehen, ohne dadurch von ihrem Entschlusse abgebracht zu werden. Gute Mütter glauben nicht an den Undank der Kinder und sie thun Recht daran. Es ist so süß, auf die Liebe, auf die Dankbarkeit seiner Theuren zu rechnen! Zudem sind undankbare Kinder etwas Unnatürliches, folglich nur Ausnahmen.

Aber das Schicksal, das nicht immer gerecht ist, unsere Optimisten mögen sagen, was sie wollen, gestattete nicht, daß die beiden guten Mütter die Ausführung ihres Projekts erleben sollten. Madame Guerval starb, als ihr Sohn achtzehn Jahre zählte; Edmund blieb bei seiner Tante, bei seinem Bäschen, dessen zärtliche Freundschaft seinen Schmerz zu lindern strebte; aber im folgenden Jahre verlor auch Constanze ihre Mutter, und die armen Kinder fanden sich Beide verwaist.

Edmund zählte neunzehn Jahre, Constanze ging in ihr sechzehntes: sie waren noch zu jung, um sich zu heirathen; außerdem mußte erst die Trauer um eine Mutter beendigt werden. Da es aber nicht schicklich gewesen wäre, wenn die jungen Leutchen fortwährend zusammen gewohnt hätten, so zog sich die junge Constanze sogleich nach dem Tode ihrer Mutter in das Haus des Herrn Pause, Pelagiens Onkel, zurück.

Herr Pause war ein Musiker dritten Rangs; seit seinem zehnten Jahre (er zählte damals fünfundfünfzig), spielte er den Baß, und doch war es ihm nie gelungen, über den *F*-Schlüssel hinauszukommen. Er liebte die Musik leidenschaftlich und spielte sein Instrument mit Liebe, aber dennoch sehr mittelmäßig; er blieb nicht immer im Takt und fing regelmäßig erst nach den Andern an. Dagegen war Herr Pause sonst ein wackerer Mann, ein Muster von Genauigkeit, der sich immer noch vor dem Stundenschlag im Orchester des Theaters, bei dem er angestellt war, einfand, niemals eine Ordnungsstrafe hatte zahlen müssen und nicht den geringsten Aerger zeigte, wenn man bei den Proben den gleichen Abschnitt fünf bis sechsmal repetiren ließ. Diese Eigenschaften zusammen hatten ihm die Achtung seiner Vorgesetzten erworben und galten als Entschuldigung für die Mittelmäßigkeit seines Talents.

Herr Pause war nicht reich (obgleich wir in einem Jahrhundert leben, wo die Musik große Fortschritte macht und von allen Ständen leidenschaftlich betrieben wird); denn man erwirbt nicht viel, wenn man in einem Melodramentheater den Baß spielt. Einige Stunden, die Herr Pause des Morgens gab, vergrößerten seine kleine Einnahme nur um Weniges, da seine Zöglinge die Gewohnheit hatten, ihn aufzugeben, sobald sie allein Noten lesen konnten. Trotzdem lebte der arme Musiker, welcher eben so viel Ordnung in seinem Hauswesen als Genauigkeit in seinem Beruf übte, glücklich und zufrieden mit seiner Nichte Pelagie, einem kleinen Schalk, die wir so eben in Gesellschaft ihrer Freundin haben arbeiten und Herrn Ginguet zur Verzweiflung bringen sehen. Dieser Herr Ginguet war ein wackerer Junge, dessen Gutmüthigkeit beinahe an Einfalt streifte, schmerzlich verliebt in die Nichte des Baßgeigenstreichers und obendrein bei der Staatsrechnungskammer angestellt.

Herr Pause hatte zuweilen mit seiner Nichte die beiden Wittwen und ihre Kinder besucht. Constanze und Pelagie waren in ein inniges Verhältniß zu einander getreten; in früher Jugend verliebt man sich so schnell und es gibt Leute, die ihr ganzes Leben lang diese Gewohnheit beibehalten.

Constanze hatte oft gehört, wie ihre Mutter die Vortrefflichkeit und das gute Herz des Herrn Pause lobte; nach ihrer Verwaisung glaubte sie nichts Besseres thun zu können, als Zuflucht und Schutz in dem Hause des alten Freundes der Familie zu suchen. Pelagiens Onkel nahm die junge Waise mit Freuden auf; er hätte sie angenommen, selbst wenn Constanze ihm zur Last gefallen wäre; aber das junge Mädchen, das ein anständiges Vermögen besaß, trat bei dem armen Musiker erst dann ein, als er eingewilligt hatte, eine von ihr selbst bestimmte Pensionsvergütung anzunehmen. So vermehrte Constanzens Anwesenheit im Hause des Herrn Pause den Wohlstand desselben, wie auch die Fröhlichkeit des Zusammenlebens.

In der Zeit, wo diese Geschichte beginnt, war Constanze schon drei und ein halbes Jahr bei Herrn Pause. Der junge Edmund zählte vierundzwanzig Jahre und Nichts hinderte ihn, sich mit seiner hübschen neunzehnjährigen Cousine zu verbinden, welche alle Eigenschaften zu einer vortrefflichen Hausfrau besaß. Warum also war dieser Ehebund noch nicht geschlossen, da doch kein Hinderniß zwischen die jungen Leute und ihr Glück trat? Wahrscheinlich eben darum, weil seiner Liebe gar nichts im Wege stand, zeigte sich Edmund so langsam in Ergreifung seines Glückes. Es scheint überhaupt, die Männer schätzen nur das hoch, was sie mit Mühe erreichen müssen; für einen leicht zu gewinnenden Zweck wird man immer nur wenige Bewerber finden. Deßhalb verschob Edmund, überzeugt von der Liebe seiner Cousine und versichert, daß sie ihm, sobald er wolle, ihre Hand reichen würde, fort und fort diese von ihren Müttern so sehr gewünschte Vereinigung.

Beizufügen ist noch, daß Edmund, welcher schon in früher Jugend das ansehnliche Erbe seiner Mutter erlangt hatte, in der Unentschiedenheit, welche Laufbahn er ergreifen sollte, aber sich zu Allem, was er unternähme, fähig haltend, bereits mehrere Thätigkeitszweige ergriffen hatte, die sein flüchtiger Geist und wechselvoller Wille wieder fallen ließ. Dabei bestand er darauf, bevor er seine Cousine heirathe, müsse er eine Stellung, ein selbsterworbenes Einkommen und einigen Ruhm ihr anzubieten haben. Alles das war ihm bis jetzt noch nicht gelungen, und darum setzte er den Termin seiner Verheirathung weiter hinaus.

Wir kennen jetzt die Personen, mit welchen wir am meisten zu thun haben werden. Kehren wir also an den runden Tisch zurück, um ihre weitere Unterhaltung anzuhören.

II. Herr Pause

Constanze hatte die Frage ihrer Freundin nicht beantwortet, so sehr war sie von ihren Gedanken eingenommen, und nicht ohne Grund, denn Edmund kam regelmäßig jeden Abend in das Haus des Herrn Pause, heute aber war's schon halb zehn Uhr vorüber, und noch hatte man nichts von ihm gesehen.

Pelagie lächelte und fuhr fort: »Ach, Constanze wenigstens ist sehr glücklich; während Herr Ginguet vorliest, denkt sie an etwas Anderes; daraus folgt, daß sie nichts hört und deßhalb auch nicht bemerkt, ob man ihr etwas Gutes oder Schlechtes vorträgt ... man könnte ihr den Moniteur vorlesen und sie würde fortwährend glauben, die *Mysterien des Thurmes im Süden* zu hören; das ist die Folge der angenehmen Aussicht, einen Herrn Vetter zu heirathen!« – »Einen Vetter!« sagte Constanze, roth werdend und aus ihrer Träumerei erwachend; »ja, es ist wahr, ich finde, daß Edmund diesen Abend sehr spät kommt.« – »O! ich wußte wohl, daß Du an ihn dachtest; Du liebst ihn so sehr!« – »Ich sage nicht nein; meine Mutter hatte mich mit Edmund verlobt und wiederholte mir häufig, daß ich ihn lieben müsse, weil er eines Tages mein Beschützer, mein Gatte sein werde.«

»Das ist ein glücklicher junger Mann!« sagte Ginguet vor sich hin, indem er die Feuerzange zum Schüren ergriff. – »Was murmeln Sie da, Herr Ginguet?« fragte Pelagie spöttisch. – »Ich? Gar nichts, mein Fräulein, ich besorge das Feuer.« – »Aber wann ist denn die Hochzeit, Constanze? Es würde mich so sehr freuen, darauf zu tanzen; ich werde Deine Brautjungfer sein; mein Festkleid ist schon fertig ... o, ich werde Dir damit alle Ehre machen!« – Dürfte ich hoffen, zum Brautführer erwählt zu werden?« fragte Ginguet mit ängstlicher Miene und ohne Fräulein Pelagie anzusehen.

»Schon gut, Herr Ginguet, wir wollen sehen, wollen uns besinnen; aber langweilen Sie uns nicht zum Voraus mit Ihren Bitten! ... Erstlich werde ich als Ehrendame alles Das anordnen, Constanze hat es mir versprochen. Nicht wahr, nächsten Monat wird Deine Hochzeit sein?« – Aber ... das hängt von Edmund ab. – »Sonderbar, daß ein Bräutigam sich nicht ungeduldiger zeigt! An Deiner Stelle würde ich ihm sagen: Mein Herr Vetter, wenn Sie mich nicht mehr heirathen wollen, so gehen Sie mit der Sprache frei heraus.« – Ach! Pelagie, welcher Einfall! Kann ich denn voraussetzen, daß mich mein Vetter nicht mehr liebt? Was liegt daran, wann wir uns heirathen? Da ich gewiß weiß, daß ich eines Tages seine Frau werde, bin ich glücklich.«

Bei diesen Worten unterdrückte das junge Mädchen einen Seufzer; gleich darauf sprach sie weiter:»Edmund will eine ehrenvolle Stellung in der Welt haben, aber er weiß noch nicht genau, zu welchem Fach er sich entschließen soll. Die Sehnsucht, Ruhm zu erwerben, seinen Namen mit Lobeserhebungen genannt zu wissen, quält, beschäftigt ihn ohne Unterlaß. Ich kann es ihm nicht verübeln, daß er einen ehrenvollen Rang in der Gesellschaft zu gewinnen sucht, obwohl ich nicht der Ansicht bin, daß der Ruhm allein die Glückseligkeit gewähre. Du weißt ja, erst fand er sich sehr zur Musik hingezogen; er studirte die Composition, wollte ein Mozart, ein Rossini werden ...« –»Ja, und aus diesem Allem sprang ein Walzer heraus, den er lithographiren ließ und worin sich, wie mein Onkel behauptet, schöne Ideen befinden.« –»Ich konnte aber seinen Walzer niemals auf meinem Flageolet spielen,« sagte Herr Ginguet;»er ist erstaunlich schwer.« –»Weil Sie keinen Takt haben! ... O, Herr Ginguet, Sie werden freilich nie einen Walzer zu Stande bringen!« –»Mein Fräulein, seit vierzehn Tagen arbeite ich an einer kleinen Galopade, die ich Ihnen zueignen will.« –»Eine kleine Galopade! ... Da wird etwas Schönes herauskommen! ... Dann hat Dein Vetter die Musik mit der Poesie vertauscht; er hatte ein gereimtes Lustspiel in drei Akten gemacht ... das soll ein Meisterstück sein!« –»Mein Gott, wie wurde das ausgepfiffen! ... das Publikum nannte das Stück geradezu *ein ungereimtes*!« murmelte Ginguet, das Feuer schürend, vor sich hin, ohne daß er bemerkte, wie Pelagie ihm zu schweigen winkte.

»Mein Vetter ist im Theater nicht glücklich gewesen,« sagte Constanze seufzend,»und ich glaube schwerlich, daß er einen neuen Versuch machen wird.« –»Ei, warum denn nicht? ... Man wird nicht gleich das erste Mal mit Lorbeerkränzen überschüttet, aber immerhin gehört Geist zur Ausarbeitung einer neuen Komödie, selbst wenn sie auf der Bühne durchfällt. Herr Ginguet, ich glaube, Sie haben nie in Ihrem Leben einen Vers gemacht?« –»Verzeihen Sie, mein Fräulein, ich habe auf das Namensfest meiner Tante ein

Lied gedichtet, nach der Melodie: *Grenadier, du quälst mich bitter!* Es waren acht Strophen.« – Das muß interessant sein ... Sie werden mir es einmal singen ... eines Abends, wenn ich gern einschlafen möchte. – »Jetzt hat Edmund eine Leidenschaft für die Malerei gefaßt,« fuhr Constanze fort; »er hat so eben ein Gemälde vollendet und es in die Kunstausstellung geschickt.« – Ist es ein historisches Gemälde, mein Fräulein?« fragte Ginguet, die Feuerzange endlich niederlegend. – »O nein, mein Herr, es ist nur ein Genrestück.« – »Mein Gott, Herr Ginguet, was Sie doch für widersinnige Fragen machen. Soll denn Herr Edmund, der sich erst seit Kurzem in der Malerei ausbildet, gleich mit einem historischen Gemälde anfangen?« – »Aber, mein Fräulein, ich habe einen kleinen, erst neunjährigen Neffen, der alle Tage Brutusse und Epaminondasse macht; das ist nicht schwerer zu kopiren als *die Erinnerung oder die Sehnsucht* von Herrn Dübüffe.« – Schweigen Sie, Herr Ginguet, Sie machen mir übel mit Ihrem Geschwätz! ... Man sieht wohl, daß Sie niemals zeichnen gelernt haben. – »Sie irren sich, mein Fräulein; ich habe es sechs Monate gelernt und konnte schon sehr gut Windmühlen machen ... soll ich weiter lesen?« – »Nein, Sie sehen ja, daß wir uns unterhalten. Trennen Sie mir diese Stickerei ab, das wird besser sein; aber nehmen Sie sich wohl in Acht, daß Sie nicht in die Spitzen hinein schneiden.« – »Seien Sie unbesorgt, mein Fräulein, ich werde wohl Acht geben.«

Und Herr Ginguet nahm die Stickerei und eine Schere, indem er sich zum Abtrennen anschickte, ohne daß er die Augen von seinem Geschäft zu verwenden wagte, aus Furcht, eine Ungeschicklichkeit zu begehen.

»Wenn das Gemälde meines Vetters für den Salon nicht angenommen würde,« fuhr Constanze fort, »so weiß ich gewiß, daß er der Malerei gleichfalls Valet sagen würde, wie der Musik und dem Theater.« – »Und was wäre das? Er sucht seinen Beruf; er möchte Alles thun! ... das ist unmöglich. Er hat viele Talente, Dein Vetter, aber keine Beharrlichkeit.« – »Ein dahin rollender Stein sammelt kein Moos!« sagte Herr Ginguet halblaut, indem er aufzutrennen fortfuhr.

»Sehr richtig, Herr Ginguet, wir werden sehen, welches Moos Sie sammeln, Sie, der seit sieben Jahren, glaube ich, bei der Verwaltung ist und immer noch überzähliger Volontär.« – »Mein Fräulein, man hat mir Unrecht gethan ... mich ohne Grund übergangen ... aber ich muß doch meinen Zweck erreichen.« – »Ja, wenn das so fortgeht, so wird man Sie in fünfzehn Jahren zum Abschreiber machen.« – »Ach! mein Fräulein ...« – »Geben Sie Acht, mein Herr, Sie werden die Spitzen zerschneiden.« – »Zum Bureauchef, wollten Sie sagen?« Pelagie fing an aus vollem Halse zu lachen; in diesem Augenblick läutete man an der Thüre. Constanzens Antlitz erheiterte sich, denn sie zweifelte nicht, daß es ihr Vetter sei. Aber die Freude der Jungfrau war von kurzer Dauer.

Es war ein dicker, stämmiger, bausbackiger Zwerg, der in der Mitte des Gesichtes einen kleinen Auswuchs mit zwei Löchern hatte, welcher eine Nase vorstellen sollte, und darunter eine ungeheure Queröffnung, welche glücklicher Weise bei den Ohren aufhörte, was nebst den tellerbreiten Glotzaugen und den starrenden Haaren, deren Wurzel bei den Augenwimpern anfing, aus diesem Gesicht eines der groteskesten machte, auf die man nur in Dantans Galerien stoßen kann.

Dieser kleine Mann war der rechtschaffene Herr Pause, Pelagiens Onkel, der unerschrockenste Baßstreicher, womit aber nicht gesagt sein soll der beste, der weit früher als gewöhnlich aus seinem Theater heimkehrte.

Herr Ginguet ließ einen Augenblick von seiner Schneiderarbeit ab, um Herrn Pause ehrerbietig zu grüßen und ihm seinen Platz an dem Feuer abzutreten.

»Wie, Sie sind es, Herr Pause?« sagte Constanze; »aber es ist ja erst zehn Uhr, und gewöhnlich geht Ihr Theater nicht so bald zu Ende.« – »Allerdings, meine Theure, aber wir hatten diesen Abend ein neues dreiaktiges Stück, bei dem das Publikum an zwei schon genug hatte, was den Abend nothwendig verkürzte.« – »Das Stück ist also durchgefallen, lieber Onkel?« – »Durch und durch, meine Theure.« – »Es war also sehr schlecht?« fragte Ginguet, ohne von seiner Stickerei aufzusehen.

»Schlecht ... o! das kommt auf Allerlei an ... es waren schöne Sachen darin, besonders in den Orchesterpartien; übrigens wird man es morgen wieder geben, und der Direktor behauptet, es werde gehoben werden.« – »Doch nicht etwa mit Winden?« –»Nein Spötterin, durch ganz andere Mittel, durch große breite Hände ... zum Beifallklatschen und kräftige volltönende Stimmen zum Bravo- und Dacaporufen, was heute schon geschehen wäre, wenn man dem Verfasser den ganzen Saal eingeräumt hätte, wie man das gewöhnlich bei den Stücken unserer *modernen großen* Dichter macht, welche nicht dulden wollen, daß ein einziges bezahltes Billet in die erste Aufführung hereinkomme, weil man bei einer solchen auf seine Leute muß zählen können; nur dadurch wird eine *allgemeine Begeisterung* herbeigeführt. Heute aber hatte der Direktor die Schwachheit, das Stück selbst wirken lassen und die Einnahme einstreichen zu wollen; was erfolgte daraus? Es ist durchgefallen. Schöner Profit! ... Auch hat ihm der Dichter dies bewiesen, so klar, als zwei und zwei vier macht, indem er zu ihm sagte: ›Ich willige ein, Ihnen meine Werke zu geben ... ganz recht; aber es ist nicht hinreichend, mich *theurer* zu bezahlen als jeden Andern, Sie müssen auch die Einnahme der ersten sechs Vorstellungen opfern. Das, mein Herr, ist das einzige Mittel, heut zu Tage Geld zu machen.‹« – »Lieber Onkel! da bei der nächsten Vorstellung alle Billete gratis ausgegeben werden, könnten wir nicht auch zwei, für mich und Constanze, bekommen?« – »Ei, das wäre schwierig; man vertheilt die Billete nicht so leichtsinnig an die nächsten Besten, die eines verlangen; man will Leute, auf deren *Handarbeit* man rechnen kann, daher wenigst möglich Frauenzimmer. Zudem, liebe Pelagie, weißt Du, daß ich nicht gerne um die geringste Gunst bitte. Wir haben unser Dienstbillet, alle vierzehn Tage eines, das ist schon recht hübsch!«

»Ja, ja! ... sie sind hübsch, Ihre Dienstbille,« sagte Ginguet, immer mit Auftrennen beschäftigt; »man muß einen Franken darauf zahlen und wird dann erst noch auf die Seite geschoben, an einen Platz, wo man nichts sehen kann; hernach sagt man Einem, daß man mit einem Zuschuß von einem zweiten Franken sich vornehm setzen darf. Gut, man gibt den Zuschuß, gehet nach vorn ... da ist kein Platz mehr ... man schreit ... man flucht ... man sieht leere Logen, aber um da hinein zu kommen, muß man weitere fünfzehn Sous zuschießen ... zusammen fünfundfünfzig Sous, um auf einen Platz zu kommen, der für den gewöhnlichen Käufer um fünfzig Sous offen steht. Man gibt also just fünf Sous weiter aus für solch ein geschenktes Billet und ist dabei noch zwei Stunden in der vor dem Theater wartenden Reihe gestanden; dabei rechne ich nicht einmal den Schemel, den einem die Schließerin beinahe mit Gewalt unter die Füße schiebt, den Text, den man kaufen muß, und das Trinkgeld für die Aufbewahrung des Regenschirmes ... oh! solche Freibillete sind mir ein Gräuel! lieber wollte ich eine Loge miethen, als jemals ein Billet von der Verwaltung annehmen.« –»Der arme Herr Ginguet! ... wie er sich echauffirt! ...« –»So hören Sie doch, mein Fräulein, ich erinnere mich nur an das letzte Mal, als ich meine Tanten und meine Schwestern in's Theater führte! ... ich hatte Freibillete von der Verwaltung, und all' mein Erspartes vom ganzen Monat ging dabei drauf!« –»Geben Sie doch auf meine Stickerei Acht, das wird weit besser sein ... Da haben wir die Bescherung! ... Eine Spitze aufgeschnitten! ... Oh! ich konnte mir's denken! ... Her damit, mein Herr; Sie sollen es nicht mehr anrühren.« –»Mein Fräulein! ich werde eine Spitze einsetzen lassen ...« –»Ach, bleiben Sie mir vom Leibe mit Ihrer eingesetzten Spitze, wir sind fertig! ...«

Pelagie nimmt Herrn Ginguet ihre Stickerei ab; er scheint bestürzt; in diesem Augenblick läutet man von Neuem.

»Ah! das ist er ganz gewiß!« ruft Constanze.

Bald tritt ein junger Mann mit spiegelglatten Haaren, einem Spitzbart am Kinn und mit regelmäßigen Zügen, welchen zum Unglück ein Ausdruck von anmaßlicher Selbstgenügsamkeit allen Reiz benimmt, in das Zimmer, wirft sich sofort, ohne Jemand zu grüßen, mit schlechter Laune in einen Lehnsessel und ruft aus:»Es ist erbärmlich! ... entsetzlich! abscheulich! ...« –»Was denn, lieber Vetter?« fragte Constanze, den eben eingetretenen jungen Mann ängstlich ansehend.

»Kommen Sie aus unserem neuen Stücke?« sagte Herr Pause, indem er mit seinen Fingern wie mit einem Taktirstab auf dem Kamin trommelte.»Ich glaube doch, es sind hübsche Ideen darin ...« –»Ach! ich bekümmere mich wenig um euer Stück ... von meinem Gemälde handelt es sich ... von meinem köstlichen Gemälde! ... welcher Ton! ... welche Feinheit! ... welche Farben! ...« –»Nun, lieber Vetter?« –»Nun! man hat es in der Kunstausstellung nicht angenommen; diesen Abend erhielt ich die bestimmte Nachricht.« –»Nicht angenommen!« –»Ja, Cousine! da habe Einer Talent, Genie, entschiedenen Künstlerberuf, heutzutage sind es die Intriguanten, welche oben schwimmen, welche ankommen, welche Geld und Anerkennung finden! ... wer aber in keiner Coterie steckt, wird zurückgestoßen. Man überhäuft ihn mit Hindernissen, mit Widerwärtigkeiten, damit er einer Laufbahn entsage, in welcher er seine Nebenbuhler niedergeschmettert hätte.« –»Uebrigens, mein Freund,« sagte Herr Pause, mit dem Kopfe taktirend.»das Publikum ist keine Coterie, von ihm gehen erst die wahren Erfolge aus, trotz aller Zeitungsartikel, welche bisweilen in Betreff der Kunst eben so unparteiisch lügen, als in Betreff der Politik; und früher oder später dringt das Talent durch; aber Beharrlichkeit gehört zu Allem! ... da sehen Sie mich an, ich habe die Musik immer leidenschaftlich geliebt ... der Baß war mein Abgott ... ich malte Baßgeigen mit Kohlen an Thüren und Mauern! ... mein Vater wiederholte mir freilich oft: ›Es wäre besser, Du nähmst das Ellenmaß zur Hand, um Zitz auszumessen, als daß Du diese dicke Geige zwischen Deine Beine stecktest; Du bist für einen Kramladen geboren und nicht, um auf den Därmen herumzukratzen;‹ (ich muß nämlich selbst zugestehen, daß ich im Anfange meines Studiums dergestalt auf meiner Brummerin herumfuhr, daß die Hunde erbärmlich heulten und die Nachbarn rebellisch wurden) aber ich fühlte wohl, daß ich nur für die Musik geboren sei! Ich bildete mich trotz tausend Unannehmlichkeiten darin fort, und kurz, ich darf sagen, es ist mir gelungen; ich bin zu meinem Zweck gekommen, bin eingereiht, bin nützliches Mitglied eines Orchesters, ohne daß, was ich ohne Ruhmredigkeit versichern kann, je eine Zeitung von mir gesprochen hat.«

Edmund unterdrückte ein ironisches Lächeln, das auf seine Lippen kam, und antwortete:»Ich habe keine Lust, fünfundzwanzig bis dreißig Jahre zu warten, um Anerkennung zu finden; in unserem Jahrhundert muß Alles schnell gehen, da muß man auf der Stelle reich, glücklich, bewundert sein! Ich will es machen wie Andere. An innern Mitteln fehlt es mir nicht; in der Musik habe ich augenblicklich die Regeln der Composition begriffen.« – »Ja, ja ... o! es wäre Ihnen vielleicht gelungen ... in Ihrem Walzer finden sich Spuren von schönen Ideen!« – »Theaterstücke! ... ich hätte in jeder Woche eines fertig gebracht, wenn man sie angenommen hätte ... und vollends Romane! Ist es denn so schwer, welche zu schreiben? Man fabricirt dermalen so schlechte!« – »Gewiß, es kann unmöglich schwer sein, schlechte zu machen!« – »Was mein Gemälde betrifft, so haben Sie es gesehen, Herr Pause; nun, antworten Sie mir, war es denn nicht gut?« – »Es hatte ebenfalls sehr schöne Ideen!« antwortete Herr Pause, immer mit seinen Fingern trommelnd.

Edmund stand auf und spazierte einige Augenblicke im Zimmer auf und ab, offenbar in tiefes Nachdenken versunken. Die beiden Mädchen arbeiteten stillschweigend; denn die Eine dachte daran, daß ihre Ehe abermals verschoben werden würde, und die Andere, daß sie ihre hübsche Toilette als Kranzjungfer nicht so bald werde anlegen können. Auch Herr Pause verhielt sich still; nur daß er ein Andante oder ein Presto trommelte; Herr Ginguet endlich wußte nicht mehr, wie er sich auf dem Sessel halten sollte, seitdem er eine Spitze Pelagiens durchschnitten.

Bald klärte sich jedoch Edmunds Stirne auf, seine Züge belebten sich, seine Augen strahlten, und er rief aus: »Wahrhaftig, ich bin ein gutmüthiger Tropf, daß ich mich über das Unrecht der Thoren quäle! denn genau betrachtet, ist es doch nur eine Einfaltspinselei, zu arbeiten, sich abzumühen, damit man ein Talent erwerbe, das unsere Mitbürger nicht zu schätzen verstehen! das sie sogar anschwärzen, das sie aus Neid mißhandeln werden! Da mühe sich Einer ab für Neidische, für Undankbare! ... Dummheit das! ... Reichthum allein, Reichthum muß man haben, weil man diesem allein alle Ehren erweist, allein jedes Verdienst beimißt. Ja, ich bin entschlossen; ich entsage den schönen Künsten; ich erkenne keinen andern Gott mehr an, als Plutos; ihm will ich Weihrauch anzünden. Meine theure Cousine, Du wirst keine Celebrität, keinen verkörperten Ruhm heirathen; aber einen Millionär sollst Du haben, Wagen, Hotel, Diamanten, Lakaien ...« – »Was sagst Du da, lieber Vetter? Welcher neue Plan schießt Dir durch den Kopf?« – »O! der Plan ist jetzt zum festen Entschluß gereift! Ich will sehr reich werden ... sehen wir denn nicht alle Tage Thoren und Tölpel ihr Glück machen? Demnach scheint mir, daß ein Mann von Geist, wenn er sich die Mühe dazu nehmen will, es leicht auch dahin bringen kann.« – »Das ist noch kein Grund,« sagte Constanze seufzend; »im Gegentheil, wenn sich das Glück vorzugsweise an die Fersen der Thoren heftet, haben die Klugen sich um so mehr in Acht zu nehmen, und es ist kein Zweifel, daß man in der *richtigst berechneten Spekulation* sein Geld verlieren kann. Ueberdies, lieber Vetter, sind denn große Reichtümer durchaus zum Glücke unentbehrlich? Jedes von uns hat sein anständiges Auskommen und ich dächte, wir könnten uns damit begnügen. Ich begehre in der Welt weder zu glänzen noch Jemand zu verdunkeln.« –»Und ich, Cousine, will, daß Du alle andern Damen mit Deiner Toilette, Deinen Diamanten verdunkelst, ich will, daß man das Loos meiner Frau beneide! ... daß man sage, Madame Guerval braucht nur einen Wunsch, ein Verlangen blicken zu lassen, so ist es auch erfüllt! ihr Gemahl schlägt ihr Nichts ab! ... mit einem Wort, die Mittel zum Gelingen habe ich bereits im Kopfe und in Kurzem werde ich kommen, Dir meine Reichthümer und meine Hand zu Füßen zu legen.« –»Wie Du willst, lieber Vetter, aber bedenke wohl, daß Deine Reichthümer mein Glück nicht vergrößern werden.« –»Ich möchte wohl auch das Mittel kennen, womit er so plötzlich eine Million zu gewinnen hofft,« dachte der ehrliche Bassist, den Kopf mit einigem Zweifel erbebend.

»Herr Ginguet, meines Erachtens sollten Sie es auch versuchen, ein Millionär zu werden,« sagte Pelagie, den jungen Supernumerarius spöttisch ansehend;»dann dürften Sie sich nicht in Ewigkeit als unbezahlter Volontär abquälen.« –»Ach! mein Fräulein, ich bin in gar Nichts glücklich!« antwortete Ginguet mit einem schweren Seufzer.»Was soll ich denn unternehmen?« –»Jedenfalls rathe ich Ihnen, sich nicht mit Abtrennen zu beschäftigen, denn darin machen Sie keine glänzenden Geschäfte!«

Und das junge Mädchen brach in ein lautes Gelächter aus, wahrend der junge Mann die Augen niederschlug und beinahe zu weinen Lust hatte.

»Meine Kinder,« sagt Herr Pause nach einer Weile,»würden wir einstweilen, bis Herr Edmund seine Million hat, nicht wohl daran thun, zu Bette zu gehen?« –»Ja wohl. Gute Nacht, lieber Vetter,« sagte Constanze, ihre Arbeit niederlegend und aufstehend;»wir werden Dich hoffentlich morgen sehen?« –»Ja, liebe Cousine, ich werde immer kommen ... und in Kurzem sollet ihr sehen, daß ich kein Aufschneider bin.« –»Nein, das *Aufschneiden* ist Sache Herrn Ginguets,« bemerkte Pelagie gegen diesen, indem sie ihn mürrisch anfuhr:»was suchen Sie denn noch?« –»Ich suchte nur meinen Hut,« sagte der bestürzte Supernumerarius, am ganzen Leibe zitternd.

»Das ist jeden Abend die alte Leier,« fuhr Pelagie fort; »Sie wissen nie, wo Ihr Hut *liegt* und eben so wenig, wo Ihnen der Kopf *steht*.« – »Das sollte Sie am wenigsten wundern, mein Fräulein,« erwiderte der arme Tropf halblaut.

Herr Ginguet wußte gar wohl, wo sein bescheidener Deckel lag, aber er stellte sich, als suche er ihn im Nebenzimmer, weil er noch Gelegenheit zu finden hoffte, sich Pelagien zu nähern und sie leise um Verzeihung zu bitten, daß er in ihre Stickerei geschnitten; denn der arme Junge hatte das Vorgefühl einer schlaflosen Nacht, wenn er das junge Mädchen im Aerger über ihn zurückließe.

Aber Pelagie ließ sich mit Fleiß nicht in der Nähe des Herrn Ginguet finden, und dieser mußte schweren Herzens abziehen; schon war Edmund an der Thüre und wünschte den beiden Fräulein und Herrn Pause einen guten Abend.

Da ließ sich die Stimme Pelagiens mit dem ihr natürlichen spöttischen Tone von Neuem vernehmen: »Herr Ginguet, wenn Sie Ihren Hut nicht finden, so ist mein Onkel bereit, Ihnen eine Baumwollmütze auf den Heimweg zu leihen.« – »Ich habe ihn, mein Fräulein, ich habe ihn!« antwortete Ginguet, ganz jammervoll mit seinem Hut zurückkommend: »ich bin trostlos, daß man auf mich warten mußte ... ich bin diesen Abend sehr unglücklich ... ich bin so ... so ...« – »Genug, genug, Herr Ginguet, gute Nacht für heute; Sie können uns das Uebrige ein anderes Mal sagen.«

Und die Glasthüre schloß sich hinter dem jungen Manne, welcher der Verneigungen kein Ende finden konnte. Als er sah, daß er sich nur noch den Wänden empfahl, entschloß er sich, die Treppe hinabzugehen, aber traurig vor sich hinmurmelnd: »Sie ist mir sehr gram! ... ich bin außerordentlich unglücklich ... und doch gäbe ich Alles hin, um von Fräulein Pelagie geliebt zu werden! Wenn ich in ihrer Nähe bin, mache ich lauter ungeschickte Streiche.«

Die beiden Jünglinge standen auf der Straße. Hier mußten sie sich trennen, denn der Eine wohnte oben in der Vorstadt und der Andere unten am Boulevard. Aber Ginguet hatte sich auf die Steinbank vor dem Hause gesetzt und schien geneigt, da zu bleiben. Edmund klopfte ihm auf die Schultern, indem er sagte: »Gute Nacht, mein lieber Ginguet.« – »Gute Nacht, Herr Edmund.« – »Haben Sie im Sinne, die Nacht auf dieser Bank zuzubringen?« – »Ich weiß nicht, was ich thun werde ... ich bin so unglücklich! ... ach! Herr Edmund, Sie wissen nicht, was hoffnungslose Liebe heißt. Sie, der des Herzens seiner Cousine gewiß ist; aber ich bete eine Undankbare, eine Grausame, ein Kieselherz an ... ich könnte vierzehn Tage in Einem fort weinen, ohne daß Fräulein Pelagie mich auch nur fragte, warum ich rothe Augen habe ...« – »In diesem Fülle scheint mir, thäten Sie ebenso gut daran, nicht zu weinen.« – »Hat man denn das in seiner Gewalt? ... Wenn Fräulein Pelagie mich während des Abends hart behandelt, so schluchze ich die ganze Nacht so stark, daß meine Seitennachbarin mich schon mit einer Klage beim Commissär bedroht hat, weil ich sie am Schlafen verhindere.« – »Armer Ginguet! ... Gute Nacht; ich will von meinen Vermögensentwürfen träumen.«

Edmund entfernte sich, Ginguet auf der Steinbank zurücklassend. Endlich erhob der arme Junge den Kopf und betrachtete die Fenster des Zimmers von Herrn Pause, indem er zu sich sagte: »Wenn sie sich an den Kreuzstock begäbe ... wenn ich sie nur mit ihrem Lichte vorüberwandeln sehen könnte.«

Und so blieb er stehen mit emporgerecktem Hals, die Nase hoch, die Augen auf die Fenster des vierten Stocks gerichtet, einige Schritte thuend, dann wieder innehaltend; und gleich jenem Astronomen, der den Mond im Gehen betrachtete und einen Graben vor seinen Füßen nicht sah, so sah auch der unglückliche Liebhaber, während er zu den Fenstern seiner Geliebten hinaufschaute, die Steine nicht, welche man an der Gosse gelassen hatte, die von dem Regen sehr angeschwollen war.

Herr Ginguet stolperte und fiel gerade mitten in das Wasser, das zu einem Bade gar nichts Einladendes hatte. Da jedoch eine unerwartete physische Empfindung stets die psychische unterbricht, so sprang Herr Ginguet, sich wie ein Pudel schüttelnd, auf, und eilte nach Hause, ohne versucht zu sein, Fräulein Pelagiens Kreuzstöcke noch länger zu betrachten.

III. Die Spiele des Glücks

Vier Monate waren verflossen. Edmund sprach von nichts mehr als von Staatspapieren, von Steigen und Fallen, von fünf Prozent und festem Cours zu so und so viel; denn sein Mittel, Reichthum zu erwerben, war ganz einfach das Börsenspiel gewesen. Er hatte sein Vermögen in Staatspapiere gesteckt und schmeichelte sich, in kurzer Zeit sein Kapital vervierfachen zu können.

Der gute Herr Pause hatte die Stirne gerunzelt, als er erfuhr, auf welche Weise Constanzens Vetter sich zu bereichern hoffte; diese, immer die Güte und Sanftmuth selbst, erlaubte sich keinen Tadel gegen ihren Vetter; zudem machte Edmund einen glücklichen Anfang; er gewann, wie das bei Spielern anfangs zuweilen geschieht, und war in lieblichster Laune, wenn er seine Cousine besuchte.

Freilich waren seine Besuche kurz, und er sprach dabei nur von Verkaufen auf Zeit und consolidirten Dreiprozentigen, was die jungen Mädchen sehr wenig erbaute; aber er war nach dem neuesten Geschmack gekleidet und hatte ein Cabriolet monatweise gemiethet, bis er sich einen Wagen gekauft haben würde.

Herr Ginguet ging immer zu Fuß und blieb stets bei seinem nußfarbenen Rock und schwarzen Gilet, was ihm oftmals den Spott der boshaften Pelagie zuzog. Eines Abends jedoch stellte er sich mit strahlender Miene und weißer Weste ein.

»Es ist Herrn Ginguet irgend etwas Außerordentliches begegnet,« sagte Pelagie sogleich, »er hat eine Veränderung mit seiner Uniform vorgenommen und wenn ich nicht irre, heute Abend sogar seine Stiefel wichsen lassen!« – »Mein Fräulein, ich dachte, ich hätte mich niemals schlecht gekleidet oder beschmutzt vor Ihnen gezeigt; schon darum nicht, weil ich meine Stiefel auf allen Strohböden abreibe.« – »Sie glänzen deßhalb aber doch nicht, was hilft es überhaupt viel, wenn man sich an *Stroh* reibt! Kurz, Herr Ginguet, antworten Sie ... nicht wahr, Sie haben etwas Neues? ... Sie sind nicht in Ihrem gewöhnlichen Zustande ... ich glaube sogar, Sie schielen heute Abend.« – »Mein Fräulein, ich weiß nicht, ob mich die Freude schielen macht; gewiß aber bin ich sehr vergnügt; seit dem Ersten dieses Monats bin ich nicht mehr Supernumerarius: ich beziehe einen Gehalt!«–»Einen Gehalt! ... o, das ist großartig! Und wie hoch belauft sich Ihr Gehalt?«–»Ich habe achthundert Franken, mein Fräulein.«–»Achthundert Franken! ... des Monats?«–»Ach! warum nicht gar! ... des Jahrs; ich sollte doch meinen, für den Anfang wäre das recht ordentlich.«–»Allerdings,« sagte Herr Pause, der noch nicht in sein Theater gegangen war;»damit kann ein junger Mann zwar nicht in die Oper oder zu Béfour gehen, aber in Paris läßt es sich auf verschiedene Weise leben ... um zweiundzwanzig Sous speist man vorzüglich zu Mittag.«

»O, Onkel! glauben Sie nicht auch, man könnte mit achthundert Franken Einkommen eine Haushaltung führen?«–»Mein liebes Kind, ich kannte einen Angestellten, der zwölfhundert Franken Gehalt und eine Frau mit vier Kindern hatte: das Alles lebte, und machte keinen Heller Schulden, und that um so besser daran, da ihnen Niemand etwas geborgt hätte.«

Der arme Ginguet brachte keinen Laut mehr hervor. Er hatte geglaubt, daß Pelagie, wenn sie ihn besoldet wüßte, erträglicher mit ihm umgehen würde, und sah sich abermals in seiner Hoffnung getäuscht. Herr Pause dagegen drückte ihm beim Weggehen freundlich die Hand und sagte zu ihm:»Ich mache Ihnen mein Compliment, lieber Freund, mein aufrichtiges Compliment ... denn in meinen Augen sind sichere achthundert Franken mehr werth, als Millionen, nach denen man erst laufen muß ... auf Wiedersehen. Ich gehe jetzt, bei einem Melodrama mitzuwirken, in welchem sehr hübsche Ideen vorkommen.«

Da die beiden Mädchen gewöhnt waren, Edmund Guerval nur von fünfzig-, sechzigtausend Franken sprechen zu hören, so konnten die achthundert Franken des Herrn Ginguet keine große Verwunderung bei ihnen erregen. Was sind auch achthundert Franken des Jahrs neben Einem, welcher mit einem einzigen Börsencoup fünfzigmal so viel gewinnen kann?

Uebrigens machte Constanze, welche die Seufzer, die der arme Commis wegen Pelagien ausstieß, mit anhörte, dieser manchmal Vorwürfe über die Art, wie sie Herrn Ginguet behandelte; Pelagie aber gab zur Antwort:»Ich muß ihm sagen können, was ich will! Muß es ihm, wenn er mich wahrhaft liebt, nicht als hohe Gunst erscheinen, daß ich alle Abende seinen Besuch annehme? ... den

Besuch eines solchen Langweilers, der bisweilen hereinkommt, hinsitzt und zwei Stunden lang den Mund nicht öffnet!« –»Weil Du ihm immer gleich über den Mund fährst. Mit einem Wort, dieser junge Mann wünscht sehnlichst, Dich zu heirathen; wenn Du ihn nicht liebst, so wäre es besser gethan, Du sagtest es ihm, als daß Du ihn umsonst hoffen lässest.« –»Ich sagte ihm nicht, daß er hoffen solle; wir wollen erst sehen! ... Du wirst mich doch nicht an einen Kassenschreiber mit achthundert Franken Gage verkuppeln wollen, daß er mich des Sonntags in einer Garküche mit zweiundzwanzig Sous regalire! ... Schönen Dank! Ich finde nicht, wie mein Onkel, daß das schon etwas Rechtes ist. Ich wünschte, daß Herr Ginguet den Verstand hätte, wie Herr Edmund, sich ein Vermögen zu machen ... aber er ist zu schwerfällig, zu indolent dazu. Ach! Du, Du wirst glücklich werden ... ein Hotel, Diamanten, einen Wagen besitzen ... Nicht wahr, Du wirst mich doch auch in Deinem Wagen fahren lassen?« –»Ach! ich habe ihn ja selbst noch nicht!« –»O! wie wollen wir uns dann ergötzen! Alle Morgen fahren wir in's Boulogner Wäldchen, nach St. Cloud, nach Meudon spazieren; wenn man einen Wagen hat, kann man wählen, wohin man gehen will ... Ah! wir werden reisen ... Du wirst mich an's Meer führen.« –»Wie närrisch Du bist, theure Pelagie!« –»O! ich habe so große Begierde, das Meer zu sehen! ... aber mit einem Manne von achthundert Franken könnte ich höchstens die Wasserkünste im Versailler Park zu Gesicht bekommen, und auch dahin müßte ich in einem Omnibus fahren ... Das wäre ein schönes Vergnügen! ...« –»Ergötzt man sich denn nicht immer an der Seite der Person, die man liebt?« –»Darum braucht man aber nicht vier Stunden lang Chausseestaub zu schlucken ... Ah! Constanze, auch Logen im Theater muß man miethen ... in mehreren Theatern.« –»In der italienischen Oper, nicht wahr?« –»Ja, in der Oper ... und bei Franconi ... ich liebe die Pferde sehr. Sodann wirst Du viele Leute empfangen, oft Mittagessen, Abendunterhaltungen, Bälle geben ... Du wirst ein schönes Orchester mit Klapphörnern haben, denn Du weißt, daß mein Onkel uns sagte, man mache jetzt sehr schöne Sachen auf diesem Instrument.« –»Aber, theure Pelagie, weißt Du wohl, daß man zur Ausführung Deiner Projekte sehr große Reichthümer besitzen müßte?« –»Ich denke, mit dreißigtausend Franken Rente kann man ungefähr allen seinen Phantasien Genüge leisten.« –»Und Du glaubst, daß mir Edmund dreißigtausend Franken Rente werde anbieten können?« –

»Gewiß, wo nicht mehr! Dein Vetter scheint sich sehr schnell zu bereichern. Als er das letzte Mal kam, schien er so zufrieden, so vergnügt mit seinen Spekulationen; er rieb sich die Hände, und sprach in seiner Freude sogar lateinisch, ich meine, er sagte so was wie: *adasis fortuna* und Fortuna bedeutet ja Reichthum.« – »Aber auch Zufall, so viel ich weiß, übrigens habe ich nicht vergessen, daß mein Vetter nur ganz kurz bei uns blieb, daß er mir kaum antwortete und daß ich ihn viel liebenswürdiger gegen mich fand, ehe er noch steinreich werden wollte!«

Am folgenden Abend kam Edmund nicht in Herrn Pause's Haus, und auch am nächstfolgenden kam Ginguet wieder allein mit einer seltsamen Miene; er war traurig, schien verlegen und saß wortlos bei den beiden Freundinnen.

»Sie haben diesen Abend wieder Etwas,« sagte Pelagie zu ihm, »und obgleich Sie keine weiße Weste tragen, so ist doch Ihr Aussehen ein ganz anderes; hat man Ihren Gehalt schon wieder eingezogen?« – »O nein, mein Fräulein! es handelt sich nicht um mich ...« – »Nicht um Sie ... *dann* wird die Sache interessanter. Nun, mein Herr, erklären Sie sich! ...« – »Es ist ... daß ich ... auf meinem Wege hieher ... Herrn Edmund Guerval begegnet bin ...« – »Meinem Vetter?« – »Ja, Fräulein, Ihrem Vetter ... und er hatte eine so verworrene Miene ... er war blaß, niedergeschlagen ...« – »Mein Gott! sollte er krank sein?« – »Nein, Fräulein, er ist nicht krank; aber gewiß ist ihm Etwas zugestoßen ... erst nahm er meine Hand und drückte sie, daß ich hätte schreien mögen ...« – »Weiter, Herr Ginguet! zur Sache!« rief Pelagie ... »Sie schwatzen da von Ihrer Hand und sehen doch, daß Constanze wie auf Nadeln sitzt!« – »Endlich sagte Herr Edmund zu mir: ›Sie gehen diesen Abend zu Herrn Pause?‹ Auf meine bejahende Antwort zog er einen Brief aus der Tasche und händigte ihn mir mit dem Beisatze ein: ›Uebergeben Sie das meiner Cousine ... vergessen Sie es ja nicht! ... Ich habe ihr versprochen, einen Auftrag zu erfüllen;‹ dann verschwand er wie ein Blitz.« – »Und dieser Brief, Herr Ginguet?« – »Ist in meiner Tasche, mein Fräulein ...« – »Nun, schnell heraus damit!« rief Pelagie, »Sie hätten das zuerst thun sollen.«

Herr Ginguet bot Constanzen den Brief, diese nimmt ihn mit zitternder Hand und liest:»Meine Theure Cousine, ich wollte das

Glück versuchen und meine ersten Unternehmungen waren glücklich ... kühn gemacht durch solchen Anfang, war ich vielleicht zu schnell ... doch die Würfel lagen ganz zu meinen Gunsten und ich glaubte, Sie bald in eine Ihrer würdigen Lage versetzen zu können: das Schicksal hat meine Hoffnung betrogen; ... ein verderbliches Sinken, das ich nicht voraussehen konnte ... doch wozu viele Worte? ... ich bin ruinirt ... Verlöre ich nur das Meinige, so könnte ich mich noch trösten; aber ich bin beinahe das Doppelte von dem, was ich besitze, schuldig; ich muß daher meinen Verpflichtungen untreu werden ... die Ehre verlieren! Das bringt mich in Verzweiflung! ... Das tödtet mich ... ja, es tödtet mich, denn wenn man die Ehre verliert, darf man nicht mehr leben. Adieu, theure Cousine, beklagen Sie mich und fluchen Sie mir nicht. Leben Sie wohl für immer.

Edmund Guerval.«

Der Brief fällt Constanzen aus der Hand; sie scheint durch den unerwarteten Schlag vernichtet.

»Ruinirt!« murmelt Ginguet.

»Ruinirt!« wiederholt Pelagie.

Aber Constanze erholt sich wieder und ruft alsbald aus: »O, mein Gott! er will also sterben, da er mir auf immer Lebewohl sagt ... sterben um ein wenig Geld, das ihm fehlt! ... aber gehört denn nicht ihm, was mein ist? ... Könnte Edmund an meinem Herzen zweifeln? ... O! man muß ihn retten, an der Ausführung seines entsetzlichen Entschlusses verhindern ... Pelagie! schnell ... es gilt die Rettung Edmunds!«

Und Constanze faßte den Arm des jungen Beamten, den sie hastig die Treppe hinabriß. Ginguet mußte vier Stufen zugleich nehmen, um der Jungfrau zu folgen, wobei er sich nicht enthalten konnte, zu sagen: »Wie er geliebt wird, dieser Herr Edmund! ... wie er geliebt wird! ... Ach! um so von Fräulein Pelagie geliebt zu werden, wäre ich fähig, mir alle Tage einen Tod anzuthun.«

Auf der Straße angelangt, sprach Constanze zu Ginguet, indem sie seinen Arm nahm: »Führen Sie mich, mein Herr, und eilen wir, denn es wäre gräßlich, zu spät zu kommen! ...« – »Ja, mein Fräulein ... ja ... ich werde Sie fuhren; aber wohin befehlen Sie?« – »Zu Edmund ... Sie wissen wo er wohnt?« – »Ja, mein Fräulein.« – »Wenn wir ihn doch nur zu Hause finden!« –»Ach das ist zweifelhaft.« – »Dennoch ... wir werden dort vielleicht erfahren, wo er ist ... ich muß, muß ihn sehen!«

Ginguet dachte:»Wenn der Vetter nicht zu Hause ist, so kann ich mir nicht denken, wo wir ihn aufsuchen sollen!« Aber er verschwieg diese Betrachtung Constanzen, deren Kummer und Unruhe bei jedem Schritt zu wachsen schienen.

Man kommt an Edmunds Wohnung an; Constanze läßt ihren Führer los und läuft, sich bei dem Thürsteher zu befragen, denn bei großen Schmerzen vergißt man die Schicklichkeitsrücksichten, und die Jungfrau dachte nicht daran, was man darüber urtheilen könnte, daß sie zu einem jungen Mann gehe.

Edmund war nicht zu Hause; er war schon sehr lange ausgegangen und hatte über das Wohin nichts hinterlassen.

Eine Centnerlast fällt auf Constanzens Brust; trostlos kehrt sie zu ihrem Begleiter zurück, indem sie stammelt:»Er ist nicht zu Hause ... und man weiß nicht, wohin er gegangen ist!« –»Ich dachte es mir; als ich ihm begegnete, sah er nicht aus, als wolle er sich zu Bette legen.« –»Einerlei! ... wir müssen ihn finden; kommen Sie, Herr Ginguet ... vorwärts!« –»So lange Sie wollen, mein Fräulein, aber wohin?« –»Auf die Börse.« –»Mein Fräulein, man geht Abends nicht auf die Börse, denn sie ist geschlossen.« –»In die Kaffeehäuser, in die Theater ... dahin ... dorthin! ...« –»Herr Edmund schien mir gar nicht an das Theater zu denken.« –»Und doch, Herr Ginguet, muß mein Vetter irgendwo sein, und wir müssen ihn finden.«

Und die Jungfrau zog ihren Begleiter fort. Sie liefen ohne Ziel. Wenn ein junger Mann von Edmunds Größe und Gang ihnen begegnete, so rief Constanze:»Er ist's!« und Herr Ginguet mußte dem Vorübergehenden nacheilen, aber er kam immer mit der Nachricht zurück:»Er ist es nicht, und in der Nähe hat er nicht die geringste Ähnlichkeit mit ihm.«

Ebenso mußte Herr Ginguet in jedes Kaffeehaus, an dem sie vorüberkamen, hineingehen, um sich zu versichern, ob der Gesuchte nicht darinnen sei.

So durcheilte Constanze Paris mit dem jungen Kassenschreiber drei Stunden lang. Jeden Augenblick fühlte sie ihre Hoffnung mehr und mehr schwinden; sie weinte nicht, aber ihr Athem war beklommen, ihre Stirne glühend und ihr Blick starr und düster.

Herr Ginguet war in fünfzig Kaffeehauser eingetreten, er war mehr als zwanzig Vorübergehenden nachgerannt, deren einige ihn nicht sehr gut empfangen hatten; endlich fühlte er sich todmüde, wagte es aber nicht zu sagen, denn die Jungfrau beklagte sich nicht, und ein Mann wagt nicht, weniger Muth zu zeigen als ein Weib, selbst wenn er Lust dazu hätte.

Es hatte zwölf Uhr geschlagen. Herr Ginguet erlaubte sich die Bemerkung:»Es ist sehr spät; ich fürchte, Herr Pause und Fräulein Pelagie möchten Ihretwegen unruhig sein.« –»Sehr spät, sagen Sie?« –»Bald Mitternacht.« –»Dann muß er heimgekehrt sein.« –»Herr Pause? O! der ist jetzt gewiß zu Hause.« –»Mein Vetter, Herr ... meinen Vetter suchen wir. Kommen Sie, kehren wir in seine Wohnung zurück!«

Ginguet wagte nicht, es abzuschlagen, obwohl er diesen Gang für ziemlich unnütz hielt; aber während des Gehens dachte er unaufhörlich:»Das ist ein Mann, der geliebt wird, ein glücklicher Mann! Und er will sich umbringen! ... und klagt über das Schicksal! ...«

Man ist vor Edmunds Hause. Constanze bleibt zitternd stehen; in diesem Augenblick ist sie auf dem Punkt, ihre Kräfte zu verlieren; denn sie fühlt wohl, daß wenn Edmund nicht heimkehrt, jede Hoffnung aufgegeben werden muß. Dennoch entschließt sie sich: sie klopft, sie tritt hinein ...

»Herr Edmund Guerval ist vor einer Viertelstunde nach Hause gekommen,« sagt der Thürsteher.

»Er ist zu Hause!« ruft Constanze mit einem Freudenschrei aus, und alsbald stürzt die Jungfrau die Stiege hinauf, ohne zu sehen, ob ihr Begleiter nachkommt.

Es war hohe Zeit! denn nachdem Edmund ohne Ziel und Zweck den ganzen Abend in Paris umhergeirrt war, seine grausame Lage überdenkend, hatte er sich überzeugt, daß ihm kein Ausweg übrig bleibe als der Tod. Freilich ist das ein weit kürzeres Mittel, als der Versuch, durch Arbeit, Geduld und Ausdauer das Verlorene wieder

zu gewinnen; aber heutzutage sind Geduld, Ausdauer und Arbeits-
liebe weit seltener als ein Pistolenlauf; und man behauptet, wir
leben in dem Jahrhundert der Aufklärung, des Fortschritts! ... ich
will zugeben, in der Art und Weise, ein Mahl zu arrangiren, aber im
richtigen Denken nimmermehr.

Edmund war also mit dem festen Entschluß heimgekehrt, seinem
Leben ein Ende zu machen. Er hatte seine Pistole geladen, sie dann
auf einen Tisch neben sich gelegt, und sich hernach einigem Bedauern über seine kurze Laufbahn hingegeben. Ohne Zweifel nahm
seine schöne Cousine einen großen Platz in seinen Erinnerungen
ein; wenigstens hatte das arme Kind es wohl verdient.

Doch in dem Moment, in dem Edmund die verderbliche Waffe
ergriff, stürzte Constanze in sein Zimmer, fiel ihm in den Arm und
warf sich dann zu seinen Füßen mit dem Ausruf: »Lieber Vetter,
willst Du mich denn auch tödten?«

Edmund hält inne. Er sieht seine Cousine mit den schönen, fle-
henden Augen an, und die Rührung folgt der Verzweiflung. Er
sinkt in einen Sessel, indem er murmelt: »Wie kannst Du denn wollen, daß ich entehrt lebe? ... und ich bin es, wenn ich meine Verpflichtungen nicht erfülle!« – »Aber, lieber Vetter, hast Du denn
vergessen, daß Alles was mein, auch Dein ist? ... Verfüge über mein
Vermögen ... ich will es ... ich fordere es im Namen unserer beiden
Mütter, die uns so sehr liebten und so gerne Dich als meinen Beschützer, als den mir vom Himmel bestimmten Gatten betrachte-
ten.« – »Constanze, wie kommst Du darauf? Ich soll über Dein
Vermögen verfügen? ... Wenn Du wüßtest ... Nach Bezahlung meiner Schuld ... dieser verfluchten vermaledeiten Differenz, wird Dir
fast Nichts mehr übrig bleiben.« – »Was liegt mir daran? ... Ich werde dann glücklich sein ... Meinst Du denn, ich könnte es sein, wenn
ich Deinen Tod beweinen müßte? ... Du nimmst es an, Edmund, es
muß sein ... ich will es ... Schnell Papier und Tinte herbei, daß ich
Dir einen Brief an meinen Bankier gebe! ... Ach! ich zittere vor Freude, daß ich kaum schreiben kann!«

Damit hatte sich die Jungfrau an ein Pult gesetzt und schrieb mit
solchem Vergnügen, daß ihr daneben stehender Vetter nur schweigen und sie bewundern konnte. Etwas entfernt, in einer Ecke des
Zimmers, weinte Herr Ginguet wie ein Kind, indem er vor sich hin

sagte:»Welcher Zug? ... welche Hingebung? ... welche Anhänglichkeit? ... Der Mann wird geliebt! Ach, Fräulein Pelagie, wie glücklich wäre ich, wenn ich Ihnen nur den neunzehnten Theil von solcher Liebe einflößte!«

Constanze hat ausgeschrieben, Ginguet ausgeweint.

Edmund hat eingewilligt, die Hülfe seiner Cousine anzunehmen.

Man ist glücklich, der Jammer vergessen; schon baut man Luftschlösser für die Zukunft, und Constanze scheint die Aussicht auf das glänzende Loos, das der Vetter ihr bereiten wollte, ohne Bedauern zu verlieren.

Herr Ginguet bemerkt, daß es sehr spät sei; man verabschiedet sich auf Wiedersehen für morgen. Dann wird Constanze in die Wohnung des Herrn Pause von ihrem treuen Begleiter zurückgeführt, der kurz und bündig erzählt, was Edmunds Cousine gethan hat, während Letztere mit niedergeschlagenen Augen und verwirrter Miene alles Das anhört wie eine Verbrecherin, die ihre Strafe erwartet.

Pelagie umarmt ihre Freundin mit dem Ausruf:»Ha! wenn Dich Dein Vetter nicht anbetet, wenn er Dich nicht zur glücklichsten Frau macht, so muß er der undankbarste Mensch auf der Welt sein!« –
»An alles das habe ich nicht gedacht,« sagte Constanze.

Was den rechtschaffenen Herrn Pause betrifft, so hat er gerührt die Erzählung von der schönen That der Jungfrau angehört, dann ihre Hand ergriffen, zärtlich gedrückt und dazu gemurmelt:»In Dem, was Sie da gethan haben, sind viele schöne Ideen! Aber es wäre ebenso gut gewesen, Ihr Vetter hätte nie daran gedacht, Millionär werden zu wollen. Nun, das wird gewiß eine gute Lektion für ihn sein, und ich darf wohl annehmen, er werde sich jetzt für einen andern Beruf entscheiden.«

Edmund zahlte, Dank dem Vermögen seiner Cousine, was er schuldig war, aber dann blieben Constanzen auch nur noch achthundert Franken Renten übrig, just so viel, als der Gehalt des Herrn Ginguet.

Die Jungfrau indeß schenkte ihrem Vermögenswechsel keinen einzigen Seufzer. Nur Das that ihr wehe, daß sie die Pension, welche sie Herrn Pause bezahlte, vermindern mußte.

Darum wurde sie jedoch im Hause des rechtschaffenen Musikers nicht schlechter behandelt. Man kann ein armer Künstler sein und doch ein vortreffliches Herz haben. Das ist ein reichlicher Ersatz.

IV. Die Familie Bringuesingue

»Auf was wartet denn Herr Edmund noch, um seine Cousine zu heirathen?« dachte Pelagie einige Zeit nach diesen Ereignissen. »Erst wollte er Ruhm, dann begehrte er Reichthum; wird er sich jetzt mit der Liebe zu begnügen wissen?«

Constanze sprach kein Wort; aber offenbar beschäftigte sie der gleiche Gegenstand. Seitdem Edmund all' sein Gut und das seiner Cousine dazu verschleudert hatte, war er oft traurig, nachdenklich, oder sagte wohl auch zu Constanze: »Welches Loos kann ich Dir bieten? Ich habe Nichts, ich bin Nichts! ... Welche glückselige Zukunft kannst Du mit einem Manne erwarten, den der Unstern zu verfolgen scheint?«

Und Ginguet sagte zu sich: »Er will sie nicht heirathen, weil er Nichts mehr hat, hat sie aber auch nicht geheirathet, so lange er Etwas hatte; wann wird er sie somit heirathen? Ach! wenn man mich liebte, wie glücklich machte mich das Heirathen!«

Jeden Tag mahnte Edmund sich selbst: »Ich muß Etwas beginnen.« Aber er that nichts, als über Schicksal, Menschen und Geldgeschäfte lamentiren.

Herr Pause hatte Edmund eine Geigerstelle im Orchester seines Theaters vorgeschlagen; denn obwohl Constanzens Vetter auf keinem Instrument stark war, so spielte er die Violine doch gut genug, um seinen Platz in einem Boulevard-Theater auszufüllen.

Edmund hatte auf diesen Vorschlag erwidert: »Wozu soll mich Das führen?« – »Sechshundert Franken zu verdienen, mein Freund!« – »Ei! was Teufels soll ich denn mit sechshundert Franken anfangen?« – »Nun ... damit, und mit Sparsamkeit kann man immerhin Etwas machen.« – »Nein, Herr Pause, ich kann nicht Geigenspielen für sechshundert Franken, denn weit entfernt, daß mich das für die Musik begeisterte, würde es mich auf immer zu einem mittelmäßigen Musiker machen. Wenn man weiß, daß man so wenig verdient, spielt man darnach!« – »Sie irren sich, mein Theurer! Der Mann, der seine Kunst liebt, stellt alle diese Berechnungen gar nicht an; er sucht sich auszubilden und arbeitet oft mehr, wenn man ihn schlecht, als wenn man ihn sehr theuer bezahlt. Ich könnte zu

Gunsten meiner Behauptung mehrere unserer Virtuosen, unserer großen Künstler anführen, welche als Orchestermitglieder oder an Theatern zweiten Ranges ihre Laufbahn begonnen haben.«

Edmund wies beharrlich die Geigerstelle von sich. Nicht lange darnach berichtete ihm der ehrliche Pause, welcher immer auf Beschäftigung für ihn ausging, er habe mit einem seiner Freunde, einem Buntpapierfabrikanten, gesprochen.

»Wollen Sie, daß ich Papier anstreiche?« fragte Edmund mit bitterem Lächeln.

»Nein, mein theurer Freund! sondern ich sagte meinem Freunde, daß Sie ziemlich hübsche Genrebilder malen; dann trug er mir auf, sechs solcher Bilder zu Vorderseiten von Kaminen bei Ihnen zu bestellen. Das Sujet überläßt er Ihrer Erfindung ... mögen es häusliche Gruppen oder Landschaften sein; er zahlt Ihnen fünfzehn Franken für das Stück.« – »Ofenschirme überklecksen?« sagte Edmund zornroth; »soll ich mein Talent so weit herabwürdigen! ... und vollends um fünfzehn Franken zu verdienen! ... Ha, Herr Pause, das kann Ihr Ernst nicht sein!« – »Aber, mein Theurer, sechsmal fünfzehn Franken thut neunzig ... und zudem, was ist denn Unrechtes daran, Kamin-Vorderseiten anzumalen? ... Ich kenne unter unsern Malern welche, die jetzt Mitglieder der französischen Akademie sind und weiland Coloristen waren! Glauben Sie, darum haben diese Männer jetzt weniger Schöpfergabe? Man weiß wohl, daß die Künstler essen müssen wie andere Menschenkinder, und daß sie, bevor sie für ihren Ruhm arbeiteten, für den Magen arbeiten mußten.« – »Sie mögen sagen, was Sie wollen, mein Herr, ich werde doch keine Kamim-Vorderseiten machen ... lieber Zahnstocher ...« – »Wohlan denn, mein lieber Freund, so machen Sie Zahnstocher; nur machen Sie Etwas!«

Solche Unterredungen erbauten Edmund nicht im Geringsten; und um ein wenig von Herrn Pause hinwegzukommen, ging Constanzens Vetter wieder zuweilen in jene glänzenden Gesellschaften, wo er zur Zeit seiner Börsen-Spekulationen sehr gesucht worden war, und wo man ihn noch gut aufnahm, weil er Niemand seinen Fall erzählt hatte, sich fortwährend mit Geschmack kleidete, sich gut zu halten und zu benehmen wußte, kurz, ein angenehmer

Gesellschafter war, eine Eigenschaft, mit welcher man sich in Paris lange fortbringen kann.

In einer dieser Reunionen von Leuten, die reich aussehen und bisweilen, wie Edmund, keinen Heller haben, aber ihr Elend unter einem vollkommen modernen Anzug verhüllen, machte Constanzens Vetter Bekanntschaft mit der Familie Bringuesingue, bestehend aus Vater, Mutter und Tochter.

Der Vater war ein kleines Männlein, das seines niedern Wuchses wegen von der Conscription befreit worden war; mit seinem zwischen die Schultern eingedrückten Kopf, lebhaftem Auge und spitziger Nase sah Herr Bringuesingue wie ein Spottvogel aus, und befleißigte sich auch zuweilen schlechter Witze.

Nach der Gewohnheit kleiner Männer hatte er eine sehr große Frau geheirathet, welche mit zunehmenden Jahren bedeutend dick geworden war. Sie hätte ihren Ehemann bequem hinter sich verstecken können.

Ihre Tochter hatte vom Vater die Kleinheit, von der Mutter die Dickleibigkeit geerbt. Einen etwas kurzen Fuß verdankte sie sich selbst.

Zwischen Gemahl und Tochter ragte Madame Bringuesingue um mehr als einen Kopf hervor, wie Goliath über die Philister.

So viel über den physischen Theil; beschreiben wir jetzt das geistige Wesen dieser Leutchen.

Herr Bendicien-Raoul Bringuesingue war der Sohn eines Senffabrikanten, welcher viel Geld erworben hatte, indem er seinen Senf-Produkten allerlei aromatische Kräuter beimischte. Dank diesem würdigen Industriellen, hatte den guten Spießbürgern ihr tägliches Hausgericht, das Rindfleisch, weit weniger fad geschmeckt.

Herr Bringuesingue Sohn, weit entfernt, den Ruhm seines Vaters zu verkleinern, hatte glückliche Verbesserungen in der Art, Gurken einzumachen, erfunden: er war reißend schnell noch reicher geworden. Da er aber nur *eine* Tochter besaß und edler Ehrgeiz ihn spornte, so gab Herr Bringuesingue in seinem fünfzigsten Jahre Senf, Gurken und Alles, was nach Essig roch, auf, um sich in die schöne Welt zu werfen und sein Vermögen zu genießen.

Herr Bringuesingue hatte, nach Aufhebung seines Geschäfts, die Schwäche, daß er vergessen machen wollte, auf welche Weise er seinen Reichthum erworben. Er hatte eine schöne Zimmerreihe in der Chaussée d'Antin, einen männlichen Livrée-Bedienten; er gab Abendgesellschaften, Mittagessen, wobei niemals Senf aufgetragen wurde, so sehr fürchtete er etwaige Stichelreden; kurz, er bemühte sich, wie ein Gentleman auszusehen.

Madame Bringuesingue war eine vortreffliche Frau, die in ihrem ganzen Leben nur eine Leidenschaft gehabt hatte, die des Tanzens, welche ihr auch jetzt, in ihrem vierzigsten Jahre, noch anklebte. Uebrigens wartete diese rechtschaffene Hälfte stets die Ansicht ihres Mannes, den sie für ein höheres Wesen hielt, ab, bevor sie ein Wort redete, um stets im Einklang mit dessen Meinung zu bleiben.

Die ganze Liebe beider Gatten hatte sich natürlich auf ihre Tochter, ihr einziges Kind, concentrirt. Fräulein Clodora besaß ziemlich regelmäßige Züge, und ihre Eltern konnten nichts Schöneres finden als sie.

Sie hatten ihr Lehrer in der Musik, im Zeichnen, im Englischen, Italienischen, im Tanz, in der Geometrie, Geographie und Geschichte gehalten. Mit allem Dem war erzielt worden, daß Fräulein Clodora falsch sang, ein Auge so zeichnete, daß man es für ein Ohr halten konnte, »*yes*« sagte, wenn sie ihre englische und »*si signor*«, wenn sie ihre italienische Weisheit auskramen wollte, niemals im Takt tanzte, Basel nach England und Edinburgh nach der Schweiz versetzte, und Ludwig XV. die Maxime in den Mund legte, daß jeder seiner Bauern Sonntags sein Huhn im Topfe haben solle.

Die glückseligen Eltern, welche nicht im Stande waren, die Mißgriffe ihrer Tochter zu beurtheilen, wurden nicht müde, zu wiederholen, daß Clodora eine vortreffliche Erziehung genossen habe.

Indessen war Herr Bringuesingue doch oft sehr in Verlegenheit gewesen, wie er die Leute zu empfangen und die Gäste zu behandeln habe, ohne gegen die Gebräuche der feinen Gesellschaft anzustoßen, und weder seine Frau noch seine Tochter hatten ihm die rechte Weise anzugeben gewußt. Ein Umstand, den er schleunigst benützte, kam ihm wunderbar zu Statten.

Der männliche Bediente war mehrmals ganz benebelt im Keller gefunden worden. Herr Bringuesingue hatte sich entschlossen einen andern minder durstigen zu wählen, als er eines Tages den Tod eines reichen Edelmanns, der ein Hôtel in seiner Nachbarschaft hatte, erfuhr. Augenblicklich eilt der Ex-Senffabrikant in das Hôtel, fragt nach dem Kammerdiener des Verblichenen und läßt sich vor ihn führen:»Sie haben den Herrn Grafen bedient?« –»Ja, mein Herr.« –»Was hat er Ihnen jährlich bezahlt?«–»Sechshundert Franken nebst freier Kost, Wohnung, Kleidung und häufigen Geschenken.« –»Ich biete Ihnen tausend Franken und die sonstigen Vortheile; zudem werden Sie ein großes Ansehen in meinem Hause haben; nur rechne ich darauf, das Sie mir zuweilen gewisse ... Rathschläge ertheilen ... das heißt, mir Gebräuche, die ich vergessen habe, in's Gedächtniß zurückrufen; ... da ich lange in der Provinz wohnte, ist ein wenig Rost über meine Kenntniß der feinen Pariser Manieren gewachsen. Sie, der einem Grafen diente, welcher die eleganteste Gesellschaft von Paris empfing, müssen das Alles genau wissen ... Sie werden mich wieder auf's Laufende bringen.«

Comtois, so hieß der Kammerdiener, nahm mit Vergnügen Herrn Bringuesingue's Vorschlag an. Er begriff sogleich, welche Vortheile er bei seinem neuen Herrn genießen würde. Wirklich wurde Comtois dem Herrn Bringuesingue unentbehrlich, denn dieser fragte jedesmal, ehe er irgend Etwas that, zuvor seinen Kammerdiener. Wollte er sich einen Anzug machen lassen, so ließ der weiland Senffabrikant Comtois kommen und sagte zu ihm:»Wie ließ sich der Herr Graf die Kleider machen?« –»Nach der neuesten Mode, Herr!« –»Und die Farbe?« –»Nach seiner Laune.« –»Sehr gut.«

Und Herr Bringuesingue wandte sich sofort an seinen Schneider, indem er sagte:»Machen Sie mir einen Anzug nach der neuesten Mode, die Farbe *nach der Laune des Herrn Grafen X.*«

Sollte die Möblirung eines Saales oder eines Schlafzimmers verändert werden, so ließ man abermals Comtois kommen:»Welche Möbeln ließ der Herr Graf in seinen Saal stellen?« –»Die gewöhnlichen Herr: einen Divan, Ruhsopha, Sessel, ein Piano ...«

Sofort berief Herr Bringuesingue einen Tapezierer und befahl ihm, seinen Saal nach der Art des Herrn Grafen zu möbliren.

Aber hauptsächlich an den Empfangstagen, bei großen Diners, wurde Comtois ein unbezahlbarer Mann; er ordnete das Gastmahl, bezeichnete die Gänge, den Augenblick, wo man von der Tafel aufstehen sollte, die Art, den Kaffee zu nehmen; er sagte, wie der Salon beleuchtet, wo die Spieltische hingestellt werden mußten, wie man die Geladenen zu grüßen und zu empfangen hatte; kurz, er traf die ganze Anordnung, und wenn Jemand während der Zurüstungen gekommen wäre, so hätte er leicht den Bedienten für den Herrn des Hauses halten können.

Trotz dieser Aufschlüsse, die sich Bringuesingue von Comtois ertheilen ließ, fürchtete er dennoch, sich vor der Welt bisweilen noch Blößen zu geben, und war deßhalb über ein Zeichen mit seinem Diener übereingekommen. Wenn sein Herr Etwas beging, das sich in guter Gesellschaft nicht ziemte, oder gegen die Regeln der Etikette verstieß, so kratzte sich Comtois an der Nase, und Herr Bringuesingue, der fast immer nach seinem Diener hinsah, merkte daran, daß er auf einem falschen Pfade war, und suchte seinen Fehler zu verbessern.

So war die Familie Bringuesingue, welche eine Jahresrente von fünfundzwanzigtausend Franken genoß, in dem Augenblick beschaffen, wo Edmund Guerval ihre Bekanntschaft machte.

Der Zufall wollte, daß der junge Mann Fräulein Clodora auf dem Piano begleitete, daß er ihre Mutter zum Tanz aufforderte, um eine Quadrille zu Stande zu bringen, und daß er aus Versehen den Papa Bringuesingue aus der Tour holte. Von nun an wurde er von der ganzen Familie köstlich gefunden. Zudem besaß Constanzens Vetter einige oberflächliche Talente, mit deren Schein er in der großen Welt ausreichte; er spielte einige Stücke auf dem Klavier, nach denen man tanzen konnte, er sang, er kritzelte mit Leichtigkeit den Umriß jedes Gesichtes in der Gesellschaft hin. Kurz, er hatte Taktfestigkeit, Selbstvertrauen; er redete von Allem, selbst von Dem, was er nicht verstand; er schnitt auf, entschied mit großer Zuversicht oder wendete eine Frage in's Lächerliche. Man braucht nicht einmal so viel, um den Thoren und bisweilen sogar Männern von Geist zu imponiren.

Edmund wurde zu Herrn Bringuesingue eingeladen; er begab sich dahin, und als er wieder weggegangen war, sagte der Hausherr

zu seinem Bedienten: »Wie findest Du diesen jungen Mann?« –
»Vorzüglich, Herr! er hat gute Manieren ... ein sehr ausgezeichnetes
Wesen!...« – »Comtois findet ein ausgezeichnetes Wesen an ihm!«
sagte Bringuesingue zu seiner Frau, indem er von Edmund sprach:
»Ich will diesen jungen Mann zum Mittagessen einladen ... ich will,
daß er uns recht oft besuche.« – »Man sollte ihm einen kleinen Ball
geben; er tanzt sehr gut.« – »Er hat mich »*von*« Bringuesingue genannt ... vielleicht findet er meine Miene adelig.« – »Wahrscheinlich,
lieber Freund.«

Fräulein Clodora sagte nichts dazu; ich kann nicht behaupten,
daß sie mehr dabei *dachte*; indeß schien sie mit der Gunst Edmunds
bei ihren Eltern sehr zufrieden.

V. Ein großes Mittagessen

Etliche Tage darauf gab Herr Bringuesingue ein großes Diner und der junge Guerval wurde dazu eingeladen. Es sollten Finanzmänner, viele Industrieritter, gut dressirte Schmarotzer, um für das Diner dem Patron Weihrauch aufdampfen zu lassen, zudem einige Artisten und Militärs, aber keine Kaufleute dabei erscheinen. Die Familie Bringuesingue konnte die Kaufleute nicht mehr ausstehen.

An diesem Tage hatte Madame Bringuesingue ein zu kurzes Kleid und zu knappe Schuhe an; aber sie hoffte zu tanzen und auf dem Ball zu glänzen. Fräulein Clodora hielt sich schnurgerade, um größer zu scheinen, und ihr Vater nahm sich fest vor, bei jedem Wort und jeder Bewegung kein Auge von Comtois zu verwenden.

Alles war angeordnet, um die Zufriedenheit der Gesellschaft zu erwerben. Herr Bringuesingue betrachtete mit Stolz seinen ganz nach dem Muster des verstorbenen Grafen möblirten Salon und sagte zu sich:»Da ist nichts darin, was nach Senf riecht.«

So oft man läutete, pflegte Herr Bringuesingue nach dem Vorzimmer zu rennen; aber Comtois hielt ihn am Rockschooß zurück mit der Weisung:»Mein Herr, Sie müssen Ihre Gäste in Ihrem Saale erwarten und nicht Jedem so entgegenlaufen.« – »Sehr gut, Comtois ... ich wage mich nicht mehr aus meinem Salon. Aber wenn man zur Tafel geht?« – »Dann nehmen Sie die Hand einer Dame und gehen voran.« – »Sehr gut, Comtois; hernach soll ich mich zuerst an die Tafel setzen?« – »Nein! Zuerst lassen Sie die Dame, die Sie hereingeführt, zu Ihrer Rechten Platz nehmen; sodann wählen Sie eine andere zu Ihrer Linken. Ihre Frau wird dasselbe mit zwei Herren thun.« – »Ei! und wird man nicht die Namen der Gäste auf Karten schreiben?« – »Nein, Herr, das ist veraltet, gemein, außer Mode. Die übrige Gesellschaft setzt sich nach Belieben. Indeß ist es Ihnen ein Leichtes, noch einige Personen in der Nähe solcher zu placiren, mit denen jene gerne zusammen wären.« – »Ich verstehe, Comtois! o, ich verstehe das Alles! Zudem werde ich meine Augen nicht von Deiner Nase abwenden, und wenn ich einen Mißgriff begehen sollte, wirst Du mir's bemerklich machen.« – »Ja, mein Herr!«

Die Gesellschaft langte an. Herr Bringuesingue grüßte genau so, wie sein Diener es ihn gelehrt; Madame Bringuesingue schnitt jeder eintretenden Person eine Grimasse, weil sie dabei aufstehen mußte und ihre Schuhe sie schrecklich schmerzten; aber man nahm das allgemein für ein freundliches Zulächeln; Fräulein Clodora stand in Parade wie ein Kosackenoffizier, und die ganze Gesellschaft wechselte gedankenlos die gebräuchlichen Complimente, wobei Niemand Etwas dachte, wie heutzutage noch immer.

Edmund Guerval folgte der Einladung; denn Abends zuvor hatte ihm Herr Pause den entsetzlichen Vorschlag gemacht, die Manuscripte eines Schriftstellers zu kopiren, worüber er sich so sehr alterirte, daß er nothwendig einiger Zerstreuung bedurfte.

Man setzte sich zur Tafel und – sei es nun Zufall oder Absicht – Edmund fand sich an Clodora's Seite.

Der erste Gang machte sich sehr gut; die Gäste waren artig, das Essen sehr gut zubereitet und Herr Bringuesingue entzückt von sich selbst, denn Comtois hatte noch nicht an seine Nase gegriffen.

Beim zweiten Gang wollte Bringuesingue, der sich im Zuge fühlte, auf die Gesundheit seiner Frau anstoßen. Wie er aber sein Glas den Tischnachbarn hinstreckte, bemerkte er, daß Comtois sich an der Nase kratzte. Der Ex-Senffabrikant erstarrte alsbald mit ausgestrecktem Arm, sein Glas weder vor- noch zurückzuziehen wagend; dann stammelte er: »Ich habe Ihnen anzustoßen vorgeschlagen ... indeß weiß ich gar wohl, daß das aus der Mode ist ... Leute von Welt stoßen nicht an ... es ist genug, *daß das gemeine Volk oft anstößt! ha! ha!*«

Edmund unterbrach aber Herrn Bringuesingue mit dem Ausruf: »Und warum denn diesen uralten Gebrauch nicht erneuen, den unsere guten Voreltern so sehr liebten? Heutzutage wo Alles gothisch, mittelalterlich sein soll, warum macht man es mit den Tischgebräuchen nicht, wie mit den Kostümen? In der That, Herr Bringuesingue, Ihr Gedanke ist vortrefflich und Sie dürfen sich gratuliren, die Reihe zu eröffnen. Auf meine Herren, stoßen wir an! das ist ganz ritterlich!«

Herr Bringuesingue war entzückt, daß sein junger Gast ihm so gut herausgeholfen hatte; man stieß an, man trank auf den glücklichen Gedanken des Hausherrn, und was beinahe lächerlich ausgefallen wäre, schlug in einen geistreichen Einfall um, weil ein junger Fant es beklatscht hatte, statt darüber zu spotten.

Man war am Nachtisch. Herr Bringuesingue, voll Freudigkeit und Stolz, mit Erfolg einen alten Gebrauch aufgefrischt zu haben, schlug ein kleines Lied vor.

Als er die erste Strophe anstimmen wollte, sah er Comtois an; dieser kratzte sich gewaltig an der Nase.

Da verstummte Herr Bringuesingue mit offenem Munde. Er sah aus wie eine Porzellanfigur, und Jedermann wartete, daß er anstimme. Aber statt zu singen, stotterte Herr Bringuesingue: »Ich habe Ihnen ein Lied vorgeschlagen ... aber eigentlich war dies nur ein Scherz; ich weiß gar wohl, daß man nicht mehr bei Tische singt; das thun nur noch die *deutschen Zweckesser*; auch kann ich kein Lied mehr auswendig ...« – »Ei, mein Gott!« rief Edmund aus, »da sind Sie schon wieder mit Ihren Bedenklichkeiten, Herr von Bringuesingue! Sie nehmen es wahrhaftig zu streng mit der Etikette. Stammt denn der Gebrauch, an der Tafel zu singen, nicht gleichfalls aus der guten alten Zeit her, die man alle Tage auf's Theater und in Romanen bringt? Warum sollen wir Andern sie nicht auch wieder in's Leben einführen? Wir haben angestoßen, wir können ganz wohl auch singen; das paßt vortrefflich ... wir frischen die Gebräuche unserer Altvordern wieder auf, weiter Nichts ... Ich wette, das wird, wie die kostümirten Bälle, in kurzer Zeit in Aufnahme kommen und Sie der Schöpfer dieser wiederhergestellten schönen Sitte sein! Soll ich beginnen? Recht gerne! ich will Ihnen singen: ›*Freuet euch des Lebens*‹, neue Romanze von Hans Nägeli, Verfasser allerlei schöner Gedichte und Melodien, die man in Gesellschaft preisgeben kann; sicherlich wird Sie das ergötzen.«

Edmund sang und wurde sehr applaudirt; ein anderer junger Mann folgte seinem Vorgang; hierauf wagte auch eine Dame, sich hören zu lassen; darnach eine zweite, kurz, Jedermann wollte singen, und Herr Bringuesingue wußte sich nicht zu fassen vor Freude, zumal über Edmund, der alle seine Verstöße in geistreiche Ideen verwandelte und ihn sogar zum Gründer einer *quasi* neuen Mode machte.

Nachdem man genug gesungen, begab man sich in den Salon. Hier standen die Spieltische; aber Herr Bringuesingue liebte die Karten nicht. Indeß konnte man noch nicht tanzen, da es noch an Leuten zum Ball fehlte, und obwohl Madame Bringuesingue, trotz ihres Hinkens, sich schon mehrmals hingestellt hatte, um ein *vis-à-vis* zu finden, so war doch kein Contretanz zu Stande gebracht worden, da die meisten Gäste das Bouillotte-Spiel der Chaîne des Dames vorzogen.

Zur Unterhaltung für seine Frau und Tochter fiel Herrn Bringuesingue nichts Besseres ein, als »Blindekuh« zu spielen, und schon verband sich der Hauswirth die Augen und wollte das Herumtappen beginnen, als er noch zu rechter Zeit einen Blick auf seinen am andern Ende des Zimmers die Lichter anzündenden Bedienten warf, der sich die Nase fast blutig kratzte.

Herr Bringuesingue bleibt mit halbverbundenen Augen vor der Gesellschaft stehen, ohne einen Fuß zu rühren; dann blickt er Comtois noch einmal von der Seite an und entschließt sich, sein Taschentuch vollends vom Gesicht zurückzuziehen, indem er sagt: »Nein, wahrlich, ich glaube, es wäre eine gemeine Unterhaltungsart, Blindekuh zu spielen ... man muß diese kindischen Ergötzungen den guten Bürgern der Straße St. Denis überlassen, aber in der Chaussée d'Antin ...«

Da unterbricht Edmund, der Theil an den Gesellschaftsspielen nehmen wollte, weil er aus guten Gründen keine Karte mehr berührte, den Amphitryon nochmals mit dem Ausruf: »Nun, und darf man denn in der Chaussée d'Antin nicht thun, was einem gefällt und angenehm ist? Ich behaupte, daß die unschuldigen Spielchen wohl so viel werth sind, als Bouillotte und Ecarté! ... Man scherzt dabei und verliert sein Geld nicht; das ist reiner Gewinn. Zudem haben unsere größten Männer sich mit kindischen Unterhaltungen gern zerstreut. Der Cardinal Richelieu übte sich, in seinem Garten mit gleichen Füßen zu hüpfen, Cato tanzte sehr gerne, Antonius führte *praktische* Charaden mit Cleopatra auf, und der gute König Heinrich IV. rutschte auf allen Vieren, mit seinen Kindern auf dem Rücken, im Zimmer herum.« – »Wenn Heinrich IV. auf allen Vieren *herumrutschte,*« sagte Bringuesingue, »so sehe ich nicht ein, warum ich nicht auf zwei Beinen mit verbundenen Augen *herumtappen* soll und begreife daher nicht, weßhalb sich Comtois an der Nase kratzte. Spielen wir Blindekuh, ich bin dabei.«

Schon hatte sich Edmund an der Stelle des Hausherrn blind gemacht und täppelte zur allgemeinen Belustigung umher. Diese Unterhaltung dauerte eine Zeit lang zur großen Befriedigung von Fräulein Clodora und ihrem Vater fort.

Inzwischen waren einige weitere Personen angelangt, und da Madame Bringuesingue nach dem Tanz seufzte, weil sie sich nicht den ganzen Tag in ihren engen Schuhen abgequält haben wollte, ohne Abends ihren kleinen Fuß zeigen zu können, so fand sie Mittel, einen Contretanz zu organisiren und bat Edmund, sich an das Piano zu setzen.

Constanzens Vetter ließ sich nicht lange bitten; er spielte mehrere Quadrillen. Madame Bringuesingue war unermüdlich; kaum hatte sie mit Einem ausgetanzt, als sie schon wieder ein neues Engagement suchte. Bei dem herrschenden Mangel an Tänzern entschloß sich Herr Bringuesingue, sich mit seiner Frau in Reih' und Glied zu stellen, obwohl er seit lange nicht mehr getanzt hatte.

Aber der Ex-Senffabrikant verwirrte sich bisweilen in den Figuren und nahm einmal die Quadrille der »Puritaner« für den Tanz des »kleinen Milchmädchens,« weßhalb er seiner Tänzerin nacheilte und sie mit aller Gewalt umschlingen wollte.

Die Tänzerin suchte Herrn Bringuesingue's Umarmung auszuweichen; dieser verfolgte sie hüpfend, als er am Eingang des Salons Comtois mit langem Gesicht stehen und seine Nase barbarisch traktiren sah.

Bringuesingue hält – einen Fuß in der Luft, einen Arm kreisförmig ausgestreckt – inne, als wolle er eine Pirouette machen. Endlich entschließt er sich, den andern Fuß auf den Boden zu setzen und ruft aus:»Wahrlich, ich war außer mir ... ich bin so vergeßlich ... ich glaubte das kleine Milchmädchen zu tanzen, aber man tanzt es nicht mehr ... verrostetes Zeug! ...«

»Um Verzeihung, Herr von Bringuesinge,« sagt Edmund am Piano,»man muß es von Neuem tanzen, weil die alten Stücke wieder in Aufnahme sind, seit Musard eine gothische Quadrille componirt hat. Das ist ein sehr glücklicher Einfall, den Sie da mit dem kleinen

Milchmädchen hatten; Sie werden es ebenfalls wieder in die Mode bringen ... warten Sie, ich spiele es gleich.«

Und nach Beendigung seiner Puritaner-Quadrille spielt Edmund das kleine Milchmädchen, so daß alle Tänzer jetzt die Figur machen müssen, welche der Hausherr angefangen hatte.

»Gewiß, dieser Mann hat weit mehr Geist als Comtois,« denkt Bringuesingue, während man lachend die Figur des Milchmädchens tanzt; »der Eine thut nichts, als sich an der Nase kratzen, um mich zu benachrichtigen, daß ich Dummheiten mache, der Andere dagegen weiß es so gut zu wenden, daß ich nur gescheite, ja sogar moderne Einfälle hervorbringe. Und zudem nennt er mich von Bringuesingue! Wer ihn hört, wird es nachsagen, und allmählig behalte ich das *Von*, wodurch es nicht fehlen kann, daß ich am Ende adelig werde. Ach! hätte ich diesen jungen Mann immer hier, wie gut würde ich mich in Gesellschaft benehmen!«

VI. Ein Antrag

Als die Gesellschaft sich verabschiedet hatte und die Familie Bringuesingue allein war, so wollte das einstimmige Lob Edmunds nicht mehr versiegen; denn außer allen guten Diensten, die er dem Hausherrn geleistet, hatte er es am Piano ausgehalten und am Blindekuhspiel mit so liebenswürdiger Gefälligkeit Theil genommen, daß Mutter und Tochter ihm großen Dank dafür wußten. Man beschloß demgemäß, diesen jungen Mann fleißig einzuladen und kein Diner ohne ihn zu geben.

Inzwischen ging Bringuesingue, der mehr als je die Manie hatte, den großen Herrn zu spielen, viel in Gesellschaft, wo er wegen seiner fünfundzwanzigtausend Franken Renten leicht Zutritt fand. Aber Edmund war nicht immer zugegen, um die Verstöße des Ex-Senffabrikanten zu verbessern, und dann wußte sich dieser, obwohl ihn sein Bedienter auf die Fehler aufmerksam machte, nicht mehr herauszuhelfen.

Endlich beging er bei einem großen Diner im Hause eines Advokaten so viele Mißgriffe, daß Comtois' Nase vor lauter Kratzen ganz aufschwoll. Auf dem Heimwege geriethen Herr und Diener in Streit.

»Ich kann kein Brod mehr schneiden oder Fleischbrühe verlangen,« sagte Bringuesingue zu Comtois, »ohne daß Ihr an die Nase greift ... das stört, verwirrt mich, dann weiß ich nicht mehr, was ich thue.« – »Weil man eben sein Brod nicht selbst abschneidet und keine Fleischbrühe verlangt,« sagte Comtois, »das schickt sich nicht. Sie haben mir befohlen, wenn Sie etwas Ungeschicktes thun, Sie darauf aufmerksam zu machen: ich gehorche, kann aber nicht dafür, daß Ihnen jede Minute etwas Ungeschicktes begegnet.« – »Wäre Herr Edmund da gewesen, so hätte er das so arrangirt, daß sich meine Abgeschmacktheit in etwas sehr Geistreiches verwandelt hätte ... dadurch komme ich wieder in den Takt, werde wieder zuversichtlich, liebenswürdig ... während Ihr mich nur verwirrt, daß ich nicht mehr weiß, wo mir der Kopf steht.« – »Meiner Treu', Herr, mich ergötzt es eben so wenig, Sie so oft auf Ihr linkisches Betragen aufmerksam machen zu müssen! ... Seit ich in Ihrem Dienste bin, ist meine Nase um ein Drittel dicker geworden!« – »Das ist nicht wahr!« – »Ich fordere hundert Thaler Zulage oder bleibe nicht mehr in Ihrem Hause.«–»Ihr habt tausend Franken bei mir, wo Ihr fast nichts zu thun habt, als Euch an der Nase zu kratzen; mir scheint das genug zu sein, selbst wenn im äußersten Falle Eure Nase darauf ginge; ich bewillige keinen Sou mehr.« – »Dann verlasse ich den Herrn.« – »In Gottes Namen.«

Herr Bringuesingue gab seinem Bedienten ohne Bedauern den Laufpaß; seit er gesehen, daß Edmund lobte, was Comtois tadelte, hatte der Diener des Grafen sehr in seinen Augen verloren. Dafür war ihm der junge Guerval unentbehrlich geworden, und fast jeden Tag schickte die Familie Bringuesingue demselben Einladungskarten.

Nach Comtois' Verabschiedung sagte Bringuesingue zu sich: »Wie sehr ich mich auch in gute Manieren eingeschult habe, so fühle ich doch wohl, daß ich in der großen Welt bisweilen in Verlegenheit gerathe. Nur Edmund versteht es, meine geringsten Handlungen in einem vorteilhaften Lichte darzustellen. Wäre dieser junge Mann immer in unserem Hause, so hätte ich immer gute Einfälle und man würde mich für einen ganzen Edelmann halten. Wie soll ich Edmund an uns fesseln? Alle Wetter! indem ich ihn mit meiner Tochter verheirathe. Er hat mir gestanden, daß unglückliche Spekulationen ihm sein Vermögen geraubt; aber er besitzt guten Ton, Weltkenntniß ... er nennt mich immer von Bringuesingue! Ich habe nur eine Tochter, und es ist mir lieber, daß sie einen Mann *comme il faut* heirathe, dem sie das Glück als Mitgift zubringt, als einen reichen Tölpel, der sich nicht zu benehmen weiß oder mich mit Senf und Gurken hänselt.«

Herr Bringuesingue theilte seiner Frau diesen Plan mit; sie sprang darüber vor Freuden an die Decke; denn bei einem Schwiegersohn, der Contretänze auf dem Piano spielte, hoffte sie alle Tage tanzen zu können.

Sofort theilte man Clodoren den Entwurf mit; sie verneigte sich als gehorsame Tochter und sagte, sie folge mit Vergnügen.

Nur der junge Mann war noch in Kenntniß zu setzen. Herr Bringuesingue, der nicht daran zweifelte, daß Edmund sich durch eine Ehe mit seiner Tochter höchst beglückt finden würde, übernahm es selbst, ihm mitzutheilen, was man für sein Wohlergehen zu thun bezwecke.

Er lud Edmund zu einem Frühstück unter vier Augen ein und drückte ihm bei dem Nachtisch die Hand mit den Worten:»Mein theurer Freund, Sie sind von guter Familie, ich weiß es; Sie haben eine treffliche Erziehung genossen, das sieht man; Sie besitzen Geist, das gilt mir viel; darum will ich, obgleich Sie kein Vermögen mehr haben, Ihr Glück machen ... deßwegen gebe ich Ihnen meine Tochter zur Frau. Sie ist mein einziges Kind; ich habe fünfundzwanzigtausend Franken Rente; sie erhält auf der Stelle die Hälfte; wir leben Alle zusammen, und Sie stehen an der Spitze des Hauswesens.«

Edmund erstaunte über dieses Anerbieten, das er zu erwarten weit entfernt war. Einige Minuten blieb er stumm, unentschlossen; endlich erinnerte er sich an seine Cousine und antwortete:»Mein Herr, ich bin gerührt von Ihrem Vorschlag ... aber ich kann mich nicht verheirathen ...« – »Sie können sich nicht verheirathen? ... Sind Sie es denn schon?« – »Nein, mein Herr!« – »Dann sehe ich nicht ein, was Sie an der Heirath mit meiner Tochter verhindern könnte ...« – »Mein Herr, nur mit großem Bedauern verzieh ...« – »Nicht doch, theurer Freund! ... Fräulein Clodora Bringuesingue ist eine vorzügliche Partie!« – »Eben darum ...« – »O! ich verstehe, aus Zartgefühl von Ihrer Seite; Sie möchten gleichfalls reich sein, Ihrer Gattin nicht Alles verdanken. Aber ich wiederhole Ihnen, darauf sehen wir gar nicht. Auf Geld sehen ... pfui! das mögen Emporkömmlinge thun! Ein nobles Aeußere, Weltkenntniß ... darauf halte ich. Sie taugen mir; ich habe Comtois entlassen ... ich will nur noch Ihren Rathschlägen folgen ... Fortan betrachten Sie sich als zur Familie gehörig ... O! ich will nichts weiter hören; überlegen Sie es, und Sie werden finden, daß Sie meine Tochter nicht ausschlagen können.«

Edmund verließ Bringuesingue, und der Vorschlag, den man ihm eben gethan, wurde in der That Gegenstand seiner unaufhörlichen Betrachtungen.

VII. Hingebung

Während dieses vorging, arbeitete Constanze, welche ihrem Vetter ihr Vermögen geopfert hatte, ohne Unterlaß, und ohne bei Pelagie zu klagen, welche ihrerseits den armen Herrn Ginguet fortwährend quälte.

Indeß weinte Constanze bisweilen, aber in einsamer, stiller Nacht, wenn Niemand ihre Thränen sehen, ihre Seufzer hören konnte; denn sie sah wohl, daß ihr Vetter alle Tage etwas an der Zeit seines Besuchs im Hause des Herrn Pause abbrach, und wenn er neben ihr war, statt mit vertraulicher Freundschaft zu plaudern, kalt und sorgenvoll blieb, ja bisweilen sogar kein Wort sprach.

Zuerst hatte Constanze dieses Benehmen nur dem Kummer über sein Mißgeschick zugeschrieben; aber im Herzensgrunde sagte ihr ein Etwas:»Wenn er mich liebte, wie ich ihn liebe, würde er sich dann immer nur um den Verlust seines Vermögens bekümmern? Bin ich denn Nichts für ihn? ... und da ich ihm geblieben, kann er denn nicht noch glücklich sein?«

Pelagie wagte nicht mehr von ihrem Brautjungfernkleid zu reden; sogar Herr Ginguet wagte nicht mehr, laut zu seufzen, weil er fürchtete, es möchte Constanzen wehe thun, von Liebe reden zu hören, da der Mann, welcher sie hätte anbeten sollen, zu ihr niemals davon sprach. Was den guten Herrn Pause betrifft, so suchte er in Einem fort eine Anstellung für Edmund und hatte oft einen Vorschlag für ihn; um ihn aber nicht abhören zu müssen, ging Edmund jedesmal fort, bevor der alte Musiker aus seinem Theater zurückkehrte.

Einige Tage lang erschien Edmund gar nicht mehr regelmäßig. Dazu waren seine Besuche noch kürzer als gewöhnlich, und er selbst noch zerstreuter und von anderen Dingen eingenommen.

»Gewiß hat Dein Vetter Etwas,« sagte eines Abends Pelagie zu Constanze;»er kommt hieher, um sich in eine Ecke zu setzen ... zu seufzen ... kaum einen Mund aufzuthun ... O, ohne Zweifel hegt er einen neuen Entwurf ... will sich nochmals bereichern und Dich bei der Hochzeit mit glänzenden Geschenken überraschen. Ich wette, darauf denkt er ohne Unterlaß.«

Constanze schüttelte den Kopf und antwortete nicht; Herr Ginguet kam und sagte zu dem jungem Frauenzimmer:»Jetzt weiß ich, warum Herr Edmund so oft in Nachdenken versunken ist. Ich bin ihm diesen Morgen begegnet; wir sprachen lange mit einander ... Junge Leute vertrauen sich ihre Angelegenheiten.« – »Bitte, Herr Ginguet, seien Sie etwas weniger weitschweifig! – »Herr Edmund hat mir von der Familie Bringuesingue gesprochen, welche er oft besucht ... Es sind sehr reiche Leute, die Handelsgeschäfte machten und nur ein Kind haben ... ein ziemlich hübsches Mädchen, das jedoch ein wenig hinkt ...« – »Allons! voran, Herr Ginguet!« – »Endlich sagte mir Edmund: ›Sie können vielleicht nicht errathen, was mir Herr Bringuesingue vorgeschlagen hat, mein lieber Ginguet?‹ – Meiner Treu'! nein, erwiderte ich ihm; erstlich bin ich nicht stark im Rathen ... ich habe niemals eine Charade oder einen Rebus herausgebracht ...« – »Ach! Herr Ginguet, Sie mißbrauchen unsere Geduld,« sagte Pelagie.

»Verzeihung, mein Fräulein, aber ich berichte Ihnen ja unsere Unterhaltung. ›Wohlan,‹ sagte mir Herr Edmund, ›Herr Bringuesingue hat mir den Antrag gemacht, seine Tochter zu heirathen.‹«« – »Seine Tochter,« rief Constanze, die Farbe wechselnd. – »Sie lügen, Herr Ginguet!« schrie Pelagie; »Herr Edmund kann das nicht gesagt haben!« – »Ich schwöre Ihnen, mein Fräulein, daß es die strengste Wahrheit ist ... aber bekümmern Sie sich nicht, Fräulein Constanze, Ihr Herr Vetter hat beigefügt: ›Sie können sich wohl denken, lieber Ginguet, daß ich es ausschlug. Obgleich ich keinen Heller mehr habe und Clodora reich ist, so werde ich doch nicht zustimmen, denn ich bin mit meiner Cousine durch Freundschaft, Dankbarkeit und Pflicht verbunden. Ich betrachte mich jetzt schon als ihren Gatten ... unsere Mütter hatten uns verlobt und ...‹ Mein Gott! Fräulein, befinden Sie sich unwohl?«

In der That konnte sich Constanze nicht mehr aufrecht halten; sie hatte ihren Kopf auf die Rücklehne des Sessels sinken lassen und war im Begriff, in Ohnmacht zu fallen. Pelagie unterstützte sie und ließ sie flüchtige Geister einathmen, während sie zu Ginguet sagte: »Mit Ihrem Geschwätz hätten Sie zu Hause bleiben können! ... O, welche Plaudertasche Sie sind! ... Sie haben immer nur schlechte Neuigkeiten zu erzählen.« – »Aber, mein Fräulein, das sind keine schlechten Neuigkeiten; im Gegentheil ... Herr Edmund hegt nicht entfernt die Absicht, eine Andere zu heirathen als seine Cousine.« – »Einerlei! man hätte das Constanzen nicht sagen sollen.«

Als Diese die Augen öffnete, rief Ginguet von Neuem: »Ich habe die Ehre, Sie zu versichern, mein Fräulein, daß Ihr Vetter mir gesagt hat: ›Man könnte mir eine Millionärin zur Frau anbieten, ich nähme sie nicht ... weil ich nicht kann. Ich betrachte mich als verbunden mit meiner Cousine ... und bin unfähig, meine Pflicht zu umgehen. Eine Prinzessin, eine Herzogin schlüge ich aus ... ein rechtschaffener Mann kennt nur sein Wort.‹« – »Gut, gut, Herr Ginguet,« sagte Constanze, sich zwingend, ruhig zu scheinen. »Ich danke Ihnen für diese Mittheilungen.« – »Es macht Ihnen Freude, nicht wahr, mein Fräulein?« – »Ja, es ist mir sehr lieb, daß ich es weiß.«

Die arme Constanze redete den ganzen Abend nichts mehr, trotz aller Anstrengungen Pelagiens, sie aufzuheitern, und Herrn Ginguets, der von Zeit zu Zeit ausrief: »O, Herr Edmund Guerval ist ein wackerer junger Mann ... er würde eine *Goldmine* als Frau ausschlagen ... er denkt sich bereits an seine Cousine gefesselt!«

Und Pelagie stieß Ginguet mit Ellbogen und Füßen an, um ihn zum Stillschweigen zu bringen, so oft er auf den Gegenstand zurückkam.

Als sich Constanze allein in ihrem Zimmer befand, konnte sie sich ihrem ganzen Schmerze hingeben; denn das junge Mädchen machte sich keine Illusion; sie fühlte wohl, daß, wenn ihr Vetter die begüterte Partie von sich weise, dies nur geschehe, weil er sich zu sehr an sie gebunden glaube, um noch über seine Person verfügen zu können.

»Aber nicht aus Liebe zu mir schlägt er eine Andere aus,« sagte Constanze zu sich; »o, nein! ... denn wenn mich mein Vetter liebte, so wäre er in meiner Nähe nicht so traurig, so träumerisch ... Indem er mich heirathet, wird er eine Pflicht erfüllen, nichts weiter ... und unglücklich sein ... doppelt unglücklich, da ich ihn verhindert habe, das glänzende Loos, welches sich ihm darbietet, zu erwerben. Aber glaubt er denn, weil es mir einmal gelungen, ihm einen Dienst zu leisten, ich wolle ein Hinderniß zu seinem Glücke sein? ich würde von seiner Dankbarkeit das Opfer seiner Freiheit, seiner Zukunft fordern? O, ich liebe Edmund zu sehr, um ihn all' der Vortheile zu berauben, die ihm die vorgeschlagene Verbindung gewähren wird.

Was liegt daran, daß ich dann vor Kummer vergehe, wenn nur mein Vetter glücklich ist! ... Aber wenn ich ihm sage: er sei frei ... wenn ich selbst ihn auffordere, dieses Fräulein Clodora zu heirathen, so wird er mir nicht gehorchen ... O nein, ich kenne Edmund ... er würde mir wehe zu thun fürchten. Mein Gott, wie soll ich es denn anfangen, damit er sich im Stande glaube, eine Andere zu heirathen, ohne mir wehe zu thun? ... Er müßte ... ja er müßte glauben, daß ... ich ... ich *ihn* nicht mehr liebe! ...«

Die ganze Nacht hindurch weinte die arme Constanze und besann sich auf ein Mittel, ihren Vetter zu überzeugen, daß sie ihn zu lieben aufgehört habe, damit er durch die Heirath mit einer Andern kein Unrecht zu begehen glaube.

Gegen Morgen hatte sie einen Plan gefaßt, der den vorgesetzten Zweck nothwendig erreichen mußte. Kaum tagte es, als sie das Concept eines Briefes niederschrieb; dann eilte sie, als es Ausgehenszeit war, zu einem öffentlichen Schreiber, der ihr das Conceptblatt kopiren mußte; sie diktirte ihm die Adresse und ging dann, mit schwerem Herzen und fast erstickend, zu einem Briefladen, um diesen unheilvollen Brief hineinzuwerfen.

Das junge Frauenzimmer zitterte und konnte sich kaum aufrecht halten, als sie auf der Straße ging; mehrere Male wankte sie an einer Brieflade vorüber, ohne sich entscheiden zu können, das Billet, welches sie in der Hand hielt, hineinzuwerfen; sie fühlte, daß es sich um ihr ganzes Lebensglück handle; ihre Zukunft, alle Träume ihrer Jugend war sie zu opfern im Begriff; ihr blieb nichts mehr übrig, als Thränen und die Erinnerung an eine schöne Handlung; mit einundzwanzig Jahren gehört viel Muth dazu, um ein so großes Opfer zu vollenden. Wie manche Leute gibt es, die leben und sterben, ohne solche Handlungen nur zu begreifen!

Indeß verfloß der Morgen und Constanze hatte den Brief noch in keine Lade geworfen; sie tadelte sich über ihre Schwäche, dann eilte sie zu einer Postexpedition neben einem Kaffeehause und warf schaudernd den von ihr selbst verfaßten Brief in die Lade. Jetzt aber verdunkelte eine Wolke ihr Gesicht; sie mußte sich einen Augenblick an eine Steinbank neben ihr lehnen. Diese Bank, sie erkannte sie wieder; schon einmal hatte sie darauf ausgeruht, an jenem Abend, wo sie mit Ginguet ihren Vetter aufsuchend, ihren Begleiter zwang, alle Kaffeehäuser unterwegs zu durchspähen. Diese Erinnerung benetzte ihre Augen mit Thränen; denn damals, da sie Edmund suchte, dachte sie nicht daran, daß sie selbst dereinst eine Trennung von ihm werde verlangen müssen.

Doch das Opfer war noch nicht ganz vollbracht; Constanze bedachte, daß sie noch vielen Muth nöthig haben werde für das, was ihr zu thun übrig blieb; sie ermannte sich, stand von der Bank auf und kehrte nach Hause zurück.

Im Laufe desselben Tags sah Edmund, der allein zu Hause war und über seine Lage, die Liebe seiner Cousine und den Antrag des Herrn Bringuesingue nachsann, den Portier eintreten, der ihm einen von dem Austräger gebrachten Brief einhändigte.

Edmund warf seine Augen auf die unbekannte Handschrift und erbrach gleichgültig den Brief, wie Einer, der weder gute noch schlechte Nachrichten erwartet.

Das Billet trug keine Unterschrift, aber Edmunds Gesicht ward glühend, als er las:»Sie glauben sich von Ihrer Cousine Constanze geliebt: Sie irren sich; lange schon denkt sie Ihrer nicht mehr; sie hat ihr Herz einem Andern zugewendet. Wenn Sie an meinen Worten zweifeln, so begeben Sie sich diesen Abend zwischen sieben und acht Uhr auf das Boulevard St. Martin neben dem Wasserschloß; dort werden Sie Ihre unbeständige Base Ihren glücklichen Nebenbuhler erwarten sehen. Adieu!

Jemand, der sich für Ihr Glück interessirt.«

»Constanze einen Andern lieben!« knirschte Edmund, das Billet in der Hand zerreibend.»Ha! das ist eine unwürdige Verleumdung! Der Verfasser dieses Schreibens ist ein Elender ... Constanze, das Muster aller Tugenden, die mir eine so große Probe ihrer Anhänglichkeit gegeben hat ... Constanze mich betrügen ... denn das hieße mich betrügen ... mich, der ich ihr Gatte werden soll ... Aber ein anonymes Billet! ... nur schlechte Seelen schreiben dergleichen. Personen, welche einen wahren und wirklichen Dienst leisten wollen, fürchten sich nicht, ihren Namen zu nennen.«

Trotzdem fühlte sich Edmund aufgeregt, unruhig; selbst der abgeschmacktesten Verleumdung gelingt es gemeiniglich, unsere Zufriedenheit zu stören, und ... sonderbare Wirkung der Leidenschaften, zumal der Eigenliebe bei den Menschen! Edmund, der einige Minuten zuvor nur kalt, nur traurig an die Verbindung mit seiner Cousine gedacht hatte; Edmund, welcher, da er ihrer Liebe gewiß war, sich so wenig Mühe gab, dafür erkenntlich zu sein; Edmund fühlte sich eifersüchtig, und leidenschaftlich in Constanze verliebt, jetzt, da er dachte, sie könnte einen Andern lieben. Er ging lebhaft im Zimmer auf und ab, indem er das anfänglich auf den Boden geschleuderte Billet wieder durchlas; er wiederholte sich alle Gründe für die Unzuverlässigkeit anonymer Briefe, aber von Zeit zu Zeit rief er dennoch aus: »Und dessen ungeachtet, in welcher Absicht könnte man mir das geschrieben haben? Seit einiger Zeit redet Constanze weder von Liebe noch von Heirath mehr mit mir; allerdings, meinerseits ist das Gleiche der Fall. Ich habe Nichts mehr, und weder Anstellung noch Aussicht. Sie konnte sich bedenken ... man konnte ihr rathen, mich zu vergessen. Aber Constanze liebte mich so sehr! ... Nein, es ist unmöglich ... nächtliche Stelldichein ... neben dem Wasserschloß ... sie hat in diesem Stadttheil nie Etwas zu thun ... das ist eine niederträchtige Lüge! Aber man schreibt mir, ich solle mich mit eigenen Augen versichern ... ha! das hieße Constanze beschimpfen, wenn ich auf den Platz ginge; ich würde sie nicht finden ... Man will mich zum Besten haben! Nein, wahrhaftig, ich werde mich von der Falschheit des Schreibers nicht erst persönlich überzeugen.«

Während dieses Selbstgesprächs fand Edmund, daß die Zeit nicht vorrücken wollte. Er schaute oft auf seine Uhr; er konnte es nicht erwarten, die bezeichnete Stunde herannahen zu sehen. Er konnte nicht essen, denn er hatte keinen Hunger; sehnsüchtig erwartete er den Abend und war schon um sieben Uhr auf dem Boulevard neben dem Wasserschloß, obwohl mit dem inneren Vorwurf, daß er ein Unrecht begehe, gekommen zu sein.

Eine Viertelstunde verstrich. Edmund hatte Niemand gesehen, der seiner Base glich; sein Herz erweiterte sich, er athmete leichter, als er zu sich sagte: »Mein Gott, wie kann man doch anonymen Briefen glauben? Wer solche schreibt, verdient in der Regel selbst alle Beleidigungen, alle schlechten Beinamen, die er hinterlistig über seinen Nächsten ausgießt!« Plötzlich aber bemerkt Edmund ein Frauenzimmer, dessen Haltung und Gang an Constanze erinnert. Er bleibt stehen, wartet, fühlt eine Centnerlast auf seine Brust sich lagern. Es war fast Nacht; die Dame geht unsichern Fußes vorwärts, oft hinter sich blickend, als fürchte sie, daß man ihr folge; ihr ganzes Benehmen deutet allerdings auf ein Stelldichein. Edmund hält den Athem an, denn diese Frau ging eben an ihm vorüber, und trotz des Hutes, der ihr Gesicht birgt, hat er Constanze erkannt.

»Sie ist es!« sagt er zu sich, »sie ist es! ... man hatte mich nicht betrogen ... O, nicht doch! ich kann es noch nicht glauben ... meine Augen täuschen mich! ... ich muß ihre Stimme hören!«

Damit eilt Edmund der Vorübergegangenen nach; er erreicht sie, faßt sie am Arme ... sie wendet den Kopf ... es war wirklich Constanze, und so blaß, so bebend, so bewegt, als sie ihren Vetter sah, daß Alles sich vereinigte, sie in seinen Augen zu verdammen.

Die Jungfrau hat gestottert: »Edmund ... Sie sind es!« und ihr Gesicht mit dem Taschentuch verhüllt.

»Ja, ich bin es!« antwortete Edmund mit wüthendem Ton; »ich bin es, den Sie betrügen, den Sie nicht mehr lieben! Seien Sie mindestens aufrichtig, sagen Sie mir, was Sie hieher führt, allein am Abend ... Wie, Sie schweigen? ... Sie finden keine Antwort ... Sie sind verblüfft ... Also ist es wahr, Constanze! ein anderer Mann besitzt Ihre Liebe und ihn hofften Sie hier zu finden?« – »Ich werde es nicht zu läugnen suchen,« erwiderte Constanze mit erlöschender Stimme. »Ja, mein Vetter, Sie wissen die Wahrheit ... ich liebe Sie nicht mehr, schon lange nicht mehr ... ich wollte es Ihnen gestehen, wagte es aber nicht ... verzeihen Sie mir! vergessen Sie mich! ... Adieu, Edmund! wir dürfen uns nicht wiedersehen!«

Nach diesen Worten entfloh Constanze. Es war hohe Zeit, daß das arme Geschöpf sich entfernte, denn Seufzer erstickten ihre Stimme, und wäre Edmund nicht blind vor Eifersucht gewesen, so hätte er es sehr seltsam finden müssen, daß sein Bäschen so stark weine, während sie ihm versicherte, daß sie ihn nicht mehr liebe. Gewöhnlich ist das nicht die Stimmung, in der eine Dame uns unsere Freiheit wieder gibt. Man weint mit dem Geliebten und lacht mit dem Verabschiedeten.

Edmund aber hat nur Eines gehört, nur Eines verstanden; seine Cousine liebt ihn nicht mehr und wollte es ihm schon längst gestehen! Edmund fühlt sich im Innersten verwundet, denn er hielt sich

Constanzens Liebe versichert; und diese tiefe Sicherheit, dieses allzu große Vertrauen auf eine von den Kinderjahren sich herschreibende Anhänglichkeit hatte in seiner Seele die zärtliche Neigung für seine Cousine gelähmt und beinahe erstickt. Man schläft auf dem Ruhekissen eines vollkommenen Glückes ein, aber man wacht, wenn man einige Besorgniß wegen seines Besitzes empfindet.

Bestürzt über den empfangenen Schlag, ist Edmund auf dem Boulevard geblieben; er hat seine Cousine sich entfernen lassen, ohne den geringsten Versuch zu machen, sie zurückzuhalten.

»Warum auch hätte ich sie aufhalten sollen?« lachte er, traurig um sich blickend; »hat sie denn nicht gesagt: ›wir dürfen uns nicht wiedersehen?‹«

Jetzt stürmte eine Menge Betrachtungen auf Edmund ein: in einem Augenblick übersah er sein ganzes vergangenes Betragen, seine Gleichgültigkeit, seine Kälte gegen Constanze, seine Zögerungen, sein fortwährendes Aufschieben der Heirath in Zeiten, wo es nur von ihm abgehangen, der Gatte seiner Cousine zu werden; seine Reichthums- und Ruhmes-Entwürfe, welche nur auf seinen Ruin hinausliefen, und die er gar nicht gemacht hätte, wäre er mit dem reellen Glück, das ihm zur Seite stand, zufrieden gewesen.

»Es ist mein Fehler, daß ich Constanzens Herz verloren habe,« sagte sich Edmund seufzend; »ich habe mich sehr schlecht betragen ... ich muß mir viele Vorwürfe machen; aber dennoch, hätte sie mich so sehr geliebt, als ich wähnte, so hätte sie mir das Alles verziehen.«

Und von Aerger, von Eifersucht auf's Neue erfaßt, rief er aus: »Doch ich bin ein rechter Thor, mich zu härmen, mich meiner Reue hinzugeben ... auch ich will sie vergessen! Ein glänzendes Loos ist mir angeboten: jetzt hindert mich nichts mehr, dasselbe anzunehmen. Im Schooße der Vergnügungen, welche der Reichthum gewährt, werde ich das Andenken an meine undankbare Cousine vergessen.«

Er nannte Diejenige undankbar, welche ihm Alles, was sie besaß, geopfert hatte! Aber die Eifersucht macht ungerecht; sie erstickt, sie erwürgt die Dankbarkeit; zudem gibt es Leute genug, die nicht erst der Eifersucht bedürfen, um undankbar zu sein.

Edmund hatte Herrn Bringuesingue aufgesucht und rief ihm, sobald er seiner ansichtig wurde, ohne Weiteres zu: »Mein Herr, ich habe mich anders besonnen ... kurz und gut: ich nehme die Hand Ihrer Fräulein Tochter an; sobald Sie wollen, werde ich Ihr Schwiegersohn.« – »Nun, zum Kuckuk, lieber Freund, ich wußte wohl, daß es darauf hinauslaufen würde ... Sie konnten Clodora's Hand nicht ernstlich ablehnen, Clodora's, die eine vortreffliche Erziehung genossen hat und einst fünfundzwanzigtausend Franken Rente besitzen wird. Sie verdienten Vorwürfe von mir, daß Sie einen Augenblick zu zögern schienen! Da Sie sich aber jetzt entschieden haben, so braucht's das nicht mehr; ich will Ihnen nicht zürnen ... *das wäre Senf zum Nachtisch* ... Ach, mein Gott! was habe ich da gesagt ... dies Sprüchwort ist sehr gemein ... ich weiß nicht, wo mir der Kopf stand ... ich wollte sagen ... Ich weiß nicht mehr, was ich sagen wollte ... Umarmen Sie mich, lieber Schwiegersohn, und kommen Sie, auch Ihre Schwiegermutter und Ihre Künftige zu umarmen!«

Edmund ließ sich zu seiner Braut führen und während er sie küßte, stieß er einen schweren Seufzer aus, und dachte an seine Cousine. Constanzens Andenken verläßt ihn keinen Augenblick mehr; es ist in seinem Herzensgrund wie eingegraben; es verfolgt ihn überall; umsonst sucht er es zu entfernen, sich zu zerstreuen: stets schwebt ihm seine so schöne, so gute, so liebevolle Cousine vor Augen; er stellt sich den Augenblick lebhaft vor, wo seine Mutter sie vereinigt und zu ihm gesagt hatte: »Das ist Deine Braut!« und wieder sieht er sie, wie sie ihm zu Füßen fiel und seinen Arm hielt, als er im Verzweiflungswahn sich das Leben nehmen wollte.

»Ach, mein Gott! welchen Schatz habe ich verloren!« sagte er zu sich selbst; »und ich bekümmerte mich kaum darum, weil ich mich desselben gewiß glaubte!«

Doch alle diese Betrachtungen verhinderten nicht, daß nach vierzehn Tagen Fräulein Clodora Bringuesingue die Gattin von Edmund Guerval wurde.

VIII. Ehestand

Man sah Edmund nicht mehr im Hause des Herrn Pause. Pelagie und ihr Onkel erstaunten darob; sie begriffen Edmunds Betragen nicht. Aber wenn Pelagie ihn anklagte, wenn sie rückhaltslos ihr Urtheil über seine Gleichgültigkeit, sein schnödes Verlassen Constanzens äußerte, so übernahm Diese seine Vertheidigung.

Obwohl leidend, obwohl sehr verändert, seit jener Begegnung am Wasserschloß, verheimlichte Constanze doch ihre Schmerzen; sie suchte ihren Kummer in ihrem Busen zu verschließen und sprach nie den Namen ihres Vetters aus.

Wenn Pelagie ihn anklagte, was fast jeden Abend geschah, wenn die Stunden fortrückten, ohne daß Edmund erschien, so antwortete seine Cousine mit ruhiger Miene:»Wenn mein Vetter uns nicht mehr besucht, so rufen ihn wahrscheinlich Geschäfte oder Vergnügungen anderswohin ... warum forderst Du, daß er hieherkomme, wo er sich langweilt, während er in der Welt tausend Gelegenheiten zur Zerstreuung hat?« – Sich bei uns langweilen? ... Aber sollte sich denn Dein Vetter bei Dir langweilen? ... bei Dir, der er sein Leben, seine Ehre schuldet? ... bei Dir, die ihm stets so gut war? ... bei Dir, die er heirathen soll? ... In der That, Constanze, ich begreife die Ruhe nicht, womit Du das unwürdige Zurückziehen Deines Vetters erträgst. An Deinem Platz ... ha! da würde ich ihm schreiben: ›Mein Herr! Sie sind ein Ungeheuer, ein Elender, ein roher Mensch!‹ ...« – »Ach, Pelagie, glaubst Du denn, auf diese Weise führe man ein Herz zurück, das sich von uns entfernt? ...« – »Nein!« murmelte Ginguet, in einem Buche blätternd;»man muß nie so Etwas schreiben ... das ist sehr unschicklich.« – »Herr Ginguet, ich frage Sie nicht um Ihre Ansicht. Ich wiederhole: Edmund ist ein Undankbarer und führt sich unwürdig gegen seine Cousine auf.« – »Vielleicht klagst Du ihn mit Unrecht an, meine theure Pelagie ... Du weißt nicht, ja Du kannst nicht wissen, aus welchen Beweggründen er so handelt. Mein Vetter ist frei; es würde mir sehr leid thun, wenn er sich als einen Sklaven seiner Dankbarkeit betrachtete, weil ich einmal das Glück hatte, ihm einen Dienst zu leisten. Allerdings wollten unsere Eltern uns vermählen, aber wir haben sie verloren und seitdem hat sich so Vielerlei zugetragen ... Mir scheint, ich müsse alle diese Jugendpläne als einen Traum betrachten, und wahrscheinlich denkt Edmund ebenso.« – »Das ist etwas Anderes! Wenn Du findest, daß Dein Vetter Recht hat, Dich nicht mehr zu besuchen, sich nicht einmal mehr zu erkundigen, ob Du existirst, o! dann habe ich nichts mehr zu sagen, und es wäre Unrecht von mir, ihn anzuklagen.«

Und fortan schwieg Pelagie. Eine Zeit lang redete sie Nichts mehr von Edmund; aber im Herzensgrund fühlte sie ihre Ungeduld, ihren Zorn wachsen; denn sie war überzeugt, daß Constanze den Kummer über ihr Verlassensein nur verheimliche, daß dieser aber doch der Grund sei, warum sie so tiefsinnig, so traurig geworden, warum die Rosenfarbe auf ihren sonst so frischen, so runden Wangen erloschen war, warum diese so blaß, so entsetzlich mager aussahen ...

Pelagie, welche durchaus wissen wollte, wie es sich mit Edmund verhalte, hatte mehrere Male heimlich zu Ginguet gesagt: »Legen Sie sich doch auf Kundschaft, was er thut, was aus ihm wird; fragen Sie ihm nach, gehen Sie in sein Logis und berichten Sie mir, was sie erfahren.«

Herr Gingnet hatte Fräulein Pelagie gehorcht, aber bis dahin Nichts erkundet, als daß Edmund nicht mehr in seinem alten Quartier wohne.

Eines Abends, da die beiden Jungfrauen neben Herrn Pause arbeiteten, den ein kleiner Gichtanfall verhindert hatte, in sein Theater zu gehen, trat Herr Ginguet mit ganz entstellten Zügen und heraushängenden Augen ein. So sichtbar war seine Verwirrung, daß der gute Herr Pause, welcher in der Regel nichts bemerkte, zuerst sagte: »Mein lieber Freund, haben Sie unterwegs gleichfalls einen Anfall von Zipperlein bekommen?« – Nein, mein Herr, nein ... O, aber ich möchte lieber das Zipperlein haben! ... ich möchte lieber ich weiß nicht was haben! ...« – »Sind Sie Ihrer Anstellung beraubt worden?« fragte ihn Constanze.

»Nein, mein Fräulein, im Gegentheil habe ich Hoffnung, bald Zulage zu erhalten ... auf zwölfhundert Franken gesetzt zu werden ... meine Chefs sind sehr zufrieden mit mir.« – »Warum sehen Sie denn so verstört aus?« fragte Pelagie, ohne die Zeichen zu bemerken, die ihr Ginguet hinter dem Rücken Constanzens machte.

»Ach, weil ich eben eine Neuigkeit erfahren habe ... etwas so Abscheuliches, Unwürdiges! Nach Dem, was er mir sonst sagte, hätte ich ihn nimmermehr einer solchen Handlung fähig gehalten ... Im Uebrigen muß es Fräulein Constanze doch einmal erfahren.«

»Ich!« sagte Constanze, ihre Augen nach dem jungen Angestellten aufschlagend, während Pelagie, welche zu ahnen begann, wovon es sich handle, Ginguet zu schweigen winkte. Aber Dieser war außer sich vor Erbitterung und konnte nicht mehr an sich halten; er rannte im Zimmer auf und ab und schlug mit der Faust auf alle Möbeln, indem er wiederholte: »Ja, es ist abscheulich ... ist ein eines Ehrenmannes unwürdiges Benehmen ... entweder hat man Verbindlichkeit oder hat keine ... im erstern Fall muß man sie respektiren. Man muß nicht mit der Liebe seinen Scherz treiben ... ich kenne nichts Heiligeres als die Liebe; daher findet man mich einfältig; doch einerlei, ich will lieber einfältig und gutherzig sein ...« – »Mein lieber Freund,« sagte Herr Pause, »es sind sehr schöne Ideen in Dem, was Sie da vorbringen. Aber damit erfahren wir nichts Neues, und Constanze ist, wie wir, ungeduldig, Näheres von Ihnen zu hören.« – »Wohlan denn, Herr Pause, es muß heraus! ... Ich habe diesen Abend erfahren, daß der Vetter des Fräuleins sich mit Fräulein Clodora Bringuesingue verheirathet hat.« – »Verheirathet!« riefen Pelagie und ihr Onkel in einem Athem aus.

Constanze blieb lautlos; sie ließ nur ihr Haupt auf ihre Brust sinken.

»Das ist unmöglich, Herr Ginguet,« nahm gleich darauf Pelagie das Wort; »man hat Sie getäuscht, sich über Sie lustig gemacht.« – »Nein, mein Fräulein, man hat sich nicht über mich lustig gemacht; es ist nur zu wahr. Als man mir's sagte, wollte ich mich, wie Sie wohl denken können, selbst überzeugen: ich ging auf Kundschaft in das Haus, wo Herr Edmund jetzt wohnt ... denn er ist jetzt bei seinen Schwiegereltern eingezogen ... und in der That seit vier Wochen Gemahl von Fräulein Bringuesingue.« – »Ha! das ist ehrlos, sich so aufzuführen,« rief Pelagie. »Constanze, meine arme Constanze! Dich zu verlassen! ... Wie, Du sagst noch immer nichts? ... Du verfluchst ihn nicht? ... Ha! Du bist zu gut ... hundertmal zu gut. Diese Männer ... Ja, liebet sie nur, diese Krokodile ... O! aber ich ... ich will Dich niemals verlassen, vernachlässigen; ich werde Dich trösten, werde mich niemals verheirathen, um mich nicht von Dir zu trennen, um Dir Alles zu ersetzen.«

So redend umarmte und küßte Pelagie Constanzen; sie weinte, sie drückte sie in ihre Arme, und Diese, welche ihre Thränen lange zurückgehalten hatte, war ihrer Freundin an den Busen gesunken und fühlte sich ein wenig erleichtert, indem sie ihrem Schmerz freien Lauf ließ; denn obwohl sie dieses Ereigniß, das sie selbst eingeleitet, erwartet hatte, besaß Constanze doch die Kraft nicht, ohne Erschütterung zu erfahren, daß das Opfer vollendet, daß ihr Vetter auf immer für sie verloren sei.

Herr Pause sprach nichts, aber er war tief bewegt und fühlte den Schmerz seiner Gicht nicht mehr. Herr Ginguet weinte und murmelte, die Augen wischend, zwischen den Zähnen:»Du lieber Gott! ich ein Krokodil! ... ich, der ich kein Hühnchen beleidige! ... weil sich *ein* Mann schlecht beträgt, so muß man sie *alle* in Bausch und Bogen verabscheuen! ist das gerecht und billig? ... aber freilich, Frauenzimmer und *Billigkeit*! ... und vollends gar zu schwören, daß man sich nie verheirathen wolle ... schöner Trost für einen vielgeprüften Ehestandscandidaten!«

Abermals war es Constanze, welche Alle trösten mußte, sie hatte ihren Schmerz bewältigt und schien resignirt, indem sie sprach:»Aber warum denn mich so beklagen? O, ich versichere euch, daß ich mich schon lange auf Aehnliches gefaßt hielt. Ich habe stets nur einen einzigen Wunsch gehegt: den, daß mein Vetter glücklich werde, und ich hoffe, daß er es mit der Person, die er geheirathet hat, sein wird. Mit mir hätte er vielleicht Reue, Langweile empfunden ... ich konnte ihm nur den Mangel anbieten; soll ich ihm gram sein, daß er den Reichthum vorzog? O nein, ich schwöre euch, daß ich keinen Groll gegen ihn habe; ich bin nicht unglücklich, da ich nie ehrgeizig war und echte Freunde besitze. Aber ich muß euch um eine Gefälligkeit bitten ... daß niemals von meinem Vetter die Rede mehr sei; wahrscheinlich werden wir ihn nie mehr sehen ... Nun gut! ich werde ihn zu vergessen suchen und die Vergangenheit als ein leeres Traumbild betrachten.«

Man versprach Constanzen, ihr zu gehorchen. Jedes bewunderte den Muth, die Ergebung der Jungfrau; aber man theilte ihre Parteilichkeit für Edmund, dessen Betragen unentschuldbar schien, nicht.

Der rechtschaffene Pause tadelte, Ginguet verachtete und Pelagie verfluchte ihn.

*

Inzwischen hatte Edmund geheirathet und saß im Schooße der Familie Bringuesingue. In den ersten Tagen hatte er, noch ganz betäubt von dem Vorgegangenen und dem neugeknüpften Bande, seinen Umgebungen wenig Aufmerksamkeit geschenkt; aber nach Beruhigung seiner Geister begann Edmund zu überlegen und die Personen, mit denen er lebte, zu prüfen.

Natürlich mußte die Prüfung bei seiner Frau beginnen. Clodora hatte ein ziemlich hübsches Gesicht, aber eine nichtssagende oder eigentlich gar keine Physiognomie. Von ihrer glänzenden Erziehung war ihr nichts im Kopfe geblieben, daher war ihre Unterhaltung sehr beschränkt. In den ersten Tagen ihrer Verbindung hatte Edmund die mehr als naiven Antworten oder das Verstummen seiner Frau der Schüchternheit zugeschrieben. Aber sechs Wochen nach der Hochzeit muß man doch mit seinem Mann ein wenig zu reden wagen.

Eines Tages, da Edmund mit seiner Gattin allein war, wollte er sie um die Art der Verwendung ihres Vermögens befragen.

»Meine liebe Frau,« sagte er zu ihr, »Dein Vater hat Deine Mitgift zu meiner Verfügung gestellt; sie beträgt ungefähr zweimalhundertfünfzigtausend Franken. Was denkst Du: sollen wir uns mit den Zinsen aus diesem Kapital begnügen oder bist Du der Ansicht, daß wir unser Vermögen vermehren?«

Clodora machte große Augen, sah ihren Mann mit erstaunter Miene an, dann starrte sie auf ihre Zehenspitzen und antwortete: »Du lieber Gott ... ich weiß nicht! ...« – »Aber ich begehre einen Rath von Dir; da es sich um Dein Vermögen handelt, so möchte ich ohne Deinen Rath nichts beginnen ... hast Du Ehrgeiz?« – »Ehrgeiz ... ich weiß nicht ... man hat mir nie davon gesagt.« – »Bist Du zufrieden mit dem, was wir besitzen? Oder hast Du weitere Wünsche? möchtest Du, daß Dein Mann Wechsler, Bankier, Notar werde?« – »O! das ist mir sehr einerlei!«

Edmund stampfte mit dem Fuß vor Aerger und biß sich vor Wuth in die Lippen. Die junge Frau gerieth in Angst, wich zurück und sagte: »Was hast Du denn? Du schneidest Gesichter?« – »Ich habe nichts, Madame, gar nichts!«

Und der junge Mann entfernte sich mit einem schweren Seufzer, indem er zu sich sagte: »Wahrlich, meine Frau ist eine Gans.«

Madame Bringuesingue war entzückt gewesen über Edmunds Heirath mit ihrer Tochter, weil Herr Guerval Contretänze auf dem Piano gut spielte, und wir wissen ja, daß Tanzen die Leidenschaft von Clodora's Mutter war.

Da Edmund ihr Schwiegersohn geworden war und bei den Eltern seiner Frau wohnte, so schmeichelte sich Madame Bringuesingue, daß er ihr den ganzen Tag Contretänze aufspielen und sie vom Frühstück an tanzen werde.

In der That, kaum erschien Edmund Morgens im Salon, als auch Madame Bringuesingue schon zu ihm sagte: »Ah, lieber Sohn, einen kleinen Contretanz für mich und meine Tochter; wir werden uns gegenüberstellen.«

Edmund wagte keine abschlägige Antwort und Madame Bringuesingue stellte sich auf, um mit Clodora »en avant deux« zu tanzen. Indeß spielte er, da er diese Tanzkomödie zwischen Mutter und Tochter in aller Frühe seltsam fand, nicht lange. Aber wenn irgend ein Besuch kam, und man zu Vieren war, lief Madame Bringuesingue Edmund von Neuem nach und führte ihn mit dem Ausruf an's Piano zurück: »Lieber Sohn! eine kleine Quadrille: wir sind zu vier; meine Tochter und ich haben Herren; welche Melodie Sie wollen ... es wird recht hübsch sein.«

Er konnte unmöglich ausweichen; die Schwiegermutter war hartnäckig; sie holte Edmund an der Hand, setzte ihn nieder und er mußte seinen Contretanz spielen, was er oft mit Aerger that, indem er dachte: »Madame Bringuesingue hat mir ihre Tochter gegeben, um immer ein Orchester zu ihrer Verfügung zu haben; aber sie täuscht sich sehr, wenn sie glaubt, ich werde meine Zeit damit zubringen, sie tanzen zu lassen.«

Was Herrn Bringuesingue betrifft, so konnte er den Schwiegersohn keinen Tag entbehren; wenn er in Gesellschaft, zu einem Essen, auf einen Ball ging, so schleppte er Edmund mit; wenn er ein Gastgebot, eine Gesellschaft gab, so mußte Edmund zu Hause und immer in seiner Nähe bleiben; dadurch gewann der alte Senfmacher Selbstvertrauen, Taktfestigkeit; dann wagte er es, sein Wort, seine Ansicht in der Unterhaltung anzubringen, überzeugt, daß er mit Beihülfe seines Schwiegersohns immer sehr gute Einfälle, treffliche Ideen vorbringen müßte.

Aber Edmund fühlte sich bald durch dieses Gebundensein an seinen Schwiegervater gelangweilt. Seit seiner Hochzeit mit Fräulein Bringuesingue genoß er keines freien Augenblickes mehr. Daheim wollten seine Frau und Schwiegermutter ihn immer Contretänze spielen lassen, und wünschte er auszugehen, so verfehlte sein Schwiegervater nicht, ihn auf Weg und Steg zu begleiten.

»In welche Sackgasse habe ich mich verrannt!« dachte Edmund bei sich; »abermals ist es mein böser Genius, der mich in die Familie Bringuesingne warf! Ach! meine Cousine! hätte ich Dich geheirathet, wie glücklich wäre ich geworden ... denn Du bist schön, Du bist sanft und gescheidt ... drei Vorzüge, die man selten vereinigt und bei der Familie Bringuesingue nicht einmal vereinzelt findet! Aber Du liebtest mich nicht mehr ... ein Anderer hatte Dein Herz gewonnen ... Freilich, hätte ich Dich zur rechten Zeit geheirathet, so wäre Der, welcher mir Deine Liebe raubte, nie zwischen uns getreten!«

So verfloß ein Jahr. Im Hause des Herrn Pause war das Leben ruhig und einförmig: Arbeit, Unterhaltung und Lektüre füllten die Stunden aus. Constanze war traurig, aber resignirt, und bisweilen verirrte sich sogar ein Lächeln auf ihre blassen Lippen. Man sprach nie von Edmund, wenigstens nicht in ihrer Gegenwart, und die Jungfrau stellte sich, als ob sie ihn vergessen habe.

Herr Pause beschäftigte sich nur mit seinem Baß, Herr Ginguet mit Pelagie, und diese fuhr fort, den jungen Angestellten, der es endlich zu zwölfhundert Franken gebracht hatte, auf tausendfältige Weise zu quälen.

In der Familie Bringuesingue war man weit entfernt, einer ähnlichen Ruhe zu genießen. Clodora beklagte sich über ihren Gemahl, der böse Launen gegen sie hatte; die Schwiegermutter beklagte sich über den Eidam, der sich oft geweigert hatte, ihr Contretänze zu spielen; der Schwiegervater beklagte sich gleichfalls über Edmund, der ihn in Gesellschaften oft hatte Albernheiten sagen oder machen lassen, ohne sie in geistreiche Züge zu verwandeln.

Edmund war nie in seine Frau verliebt gewesen und empfand nach und nach einen Abscheu vor Herrn und Frau Bringuesingue; um sich von seinem innern Kummer zu zerstreuen, fiel es ihm ein, Spekulationen und Geschäfte zu machen, zwar nicht mehr an der Börse, aber im Kleinhandel mit Realitäten, indem er kaufte, was ihm wohlfeil schien, hoffend, es mit Nutzen wieder anzubringen.

Unglücklicher Weise verstand Edmund eben so wenig von diesen Geschäften wie von der Börsenspekulation. Er kaufte um Baares und verkaufte auf Zieler oder Wechsel; er war entzückt, wenn er mit Vortheil verkauft hatte, aber beim Verfall wurden die Effekten, welche er erhalten hatte, nicht bezahlt, und der Lehrling im Kleinhandel verlor sein Geld und seine Kosten. Dann pflegte er mit schlechter Laune heimzukommen und ließ seine Schwiegermutter barsch abfahren, wenn sie ihn um einen Contretanz bat, oder seinen Schwiegervater, der ihn in eine Abendgesellschaft mitnehmen wollte. Statt Unternehmungen, die ihm nicht gelangen, aufzugeben, beharrte er dabei mit einem Eigensinn, den nur zu viele Leute in Dingen üben, die sie nicht verstehen, und nie begreifen lernen. Der Ehrgeiz kam auch noch in's Spiel, Edmund wollte fortan wenigstens das Verlorene wieder gewinnen: er riskirte starke Summen, ließ sich unbedachtsam in Spekulationen ein, welche ihm abgefeimte Intriguanten vorschlugen, und statt sich wieder auf's Laufende zu bringen, vergeudete er vollends die Mitgift seiner Frau, gleich wahnsinnigen Spielern, die nicht aufhören, bis der letzte Heller aus der Tasche verschwunden ist.

Eines Tages begegnete Edmund auf einem seiner Ausgänge, die er, um nicht mit der Familie Bringuesingue zusammen zu sein, so lang als möglich ausdehnte, dem Herrn Ginguet, der aus seinem Bureau kam. Dieser wendete sich ab, um Constanzens Vetter nicht anzureden; aber Edmund lief auf Ginguet zu, nahm ihn beim Arm und sagte: »Ach, wie lange habe ich Sie nicht gesehen! ... wie viele Dinge sind inzwischen vorgegangen! Es macht mir Freude und Qual, so plötzlich mich mit Ihnen zusammen zu finden. Aber Sie machten Miene, mir zu entfliehen ... warum das?« – »In der That, mein Herr!« sagte Ginguet zögernd, »weil ich, seitdem Sie sich verheirathet ... seitdem Sie Ihre arme Cousine, die Sie so sehr liebte, verlassen haben, mich wenig mehr um Ihre Freundschaft bekümmere.« – »Meine Cousine! ... ei, Herr Ginguet, Sie urtheilen eben wie alle Welt, nach dem Scheine ... Hatte ich Ihnen nicht gesagt, daß ich niemals die mir angetragene Verbindung annehmen würde ... daß ich mich als Constanzens Verlobten betrachte?« – »Just darum, weil Sie mir das gesagt und das Gegentheil davon gethan haben.« – »Wenn nun aber meine Cousine zuerst ihr Wort gebrochen, wenn sie mir erklärt hat: ›Sie sind frei, denn schon lange liebe ich Sie nicht mehr?‹ Und das mein Herr, hat sie mir gesagt ... aber ich hätte es ihr nicht geglaubt, wenn nicht anderweitige Umstände mir bewiesen hätten, daß sie mich hintergehe; ich habe sie eines Abends bei einem Stelldichein betroffen ...« – »Fräulein Constanze?« – »Ja, mein Herr, ja, Constanze ... und überwiesen durch meine Gegenwart hat sie eine weitere Verstellung für unnöthig erachtet. Das ist die Wahrheit, mein Herr! Da ich von meiner Cousine nicht mehr geliebt wurde, habe ich mich aus Aerger, aus Zorn verheirathet ... und ich fühle jetzt wohl, daß solche Verbindungen kein Glück bringen. Sie sehen, Herr Ginguet, daß ich meinen Verpflichtungen nicht untreu geworden bin ... Adieu! Sie sind glücklicher als ich, denn Sie besuchen ohne Zweifel meine Cousine; ich aber fühle wohl, daß ich trotz ihrer Verfehlungen gegen mich sie gar zu gerne wiedersehen mochte ... Man kann sich wenigstens mit ihr unterhalten ... sie antwortet Einem nicht immer: ›Ich weiß nicht!‹ oder: ›Es ist mir einerlei!‹ Doch hinweg mit diesen Gedanken! wir sind ja für immer geschieden ...«

Als Edmund so redete, standen ihm beinahe Thränen im Auge; um seine Rührung zu verbergen, drückte er Ginguet die Hand und entfernte sich schnell. Der junge Finanzmann war erstaunt über das Gehörte stehen geblieben, und da sein Gesicht immer der Spiegel seiner Seele war, so merkte Pelagie sogleich, als er sich Abends in's Haus des Herrn Pause begab, daß ihm etwas Neues begegnet sein müsse. Der junge Mann schwieg vor Constanze, machte Pelagien Zeichen mit den Augen, welche diese nicht verstand, weßhalb sie nur um so neugieriger wurde. Constanze bemerkte ein paar Mal diese Augensprache, denn auch sie war durch Ginguets Verwirrung betroffen worden. Ahnend, daß er sich nicht in ihrem Beisein erklären wolle, stellte sie sich, als müsse sie eine Stickerei aus ihrem Zimmer holen und ließ Ginguet mit Pelagien allein; schleunigst fragte ihn diese, was er Neues wisse, das Constanze nicht hören dürfe. »Was ich weiß?« sagte Ginguet, die Augen zum Himmel aufhebend; »ach, Fräulein! ... Dinge, worüber ich vor Erstaunen nicht zu mir selbst komme! Mein Gott! wer hätte das vermuthet ... eine so gut erzogene Jungfrau!« – »Aber ich bitte, erklären Sie sich deutlicher.«

Nachdem er noch einmal zum Himmel aufgeschaut und die Hände zusammengeschlagen hatte, entschloß sich Ginguet, Pelagien seine Unterhaltung mit Edmund zu berichten.

Je weiter der junge Mann sprach, desto bewegter wurde Pelagie; kaum konnte sie sich halten, dennoch hörte sie aufmerksam zu, um kein Wort zu verlieren; aber die Röthe ihrer Wangen, das Feuer ihrer Augen, ihr unterdrückter Athem bewiesen die ganze Entrüstung, von der sie beseelt war.

»Welche Abscheulichkeit!« brach Pelagie aus, als Ginguet mit seiner Erzählung fertig war, »welche himmelschreiende Verleumdung! ... Also nicht zufrieden, diejenige, welche Alles für ihn geopfert hat, feige zu verlassen, muß er sie auch noch entehren, noch in den Augen der Welt an den Pranger stellen! Constanze, meine gute, meine sanfte Constanze, das Vorbild aller Tugenden, deren Herz stets nur edle und großmüthige Gefühle hegte ... Constanze wagt man anzuklagen? Und Sie, mein Herr, Sie konnten so scheußliche Verleumdungen mit kaltem Blute anhören? ... Sie haben meine Freundin nicht vertheidigt ... den Elenden nicht Lügen gestraft?«

Ginguet zitterte am ganzen Leibe wie Espenlaub, denn in solchem Zorn hatte er Pelagie noch nie gesehen; er stammelte bebend: »Mein Fräulein! ... ich konnte nicht ... ich wußte nicht ...« – »Sie konnten Constanze, meine theuerste Freundin, nicht vertheidigen? ... Sie sind ein Mann und lassen eine Dame beschimpfen? ... Hören Sie, Herr Ginguet, ich habe Ihnen nur noch Eines zu sagen: Sie behaupten, mich zu lieben, Sie begehren mein Mann zu werden ...« – »Ach! das wäre meine höchste Seligkeit!« – »Nun wohl! suchen Sie Constanzens Vetter auf, fordern Sie von ihm, daß er die Verleumdungen, welche er über seine Base aussagte, zurücknehme, daß er sie zurücknehme in einem Schreiben, welches Sie mir bringen werden, oder zwingen Sie ihn, sich mit Ihnen zu schlagen und bringen Sie ihn um, zur Strafe für seine unwürdigen Lügen! Sie verstehen mich, mein Herr! kommen Sie mit Edmunds Widerruf oder nachdem Sie ihn durchstochen zurück ... und ich sage Ihnen meine Hand zu!« –»Wie, mein Fräulein, Sie verlangen ...« –»Daß Sie sich mit Edmund schlagen! ja, mein Herr! Wenn Sie nicht thun, was ich verlange, so brauchen Sie mir den Hof nicht mehr zu machen ... ich werde dann niemals Ihre Frau ... Nun, mein Herr, zaudern Sie?« –»Nein, mein Fräulein, nein, ich zaudere nicht ... ich werde mich schlagen ... o, gewiß! ... obgleich ich nie etwas Spitzigeres als meine Feder gehandhabt ... Aber wenn ich falle, mein Fräulein?« – »Dann wird Edmund nur um so verächtlicher sein; Sie aber, der in der Vertheidigung einer so schönen Sache gestorben ist ... Sie, der für meine Freundin umkam, Sie werden meine ganze Sehnsucht, meine zärtlichste Erinnerung mit sich nehmen, und jeden Tag werde ich auf Ihr Grab gehen, um zu weinen und Blumen darauf niederzulegen.« –»Ah! ich verstehe! ... Sie werden mich sehr lieben ... *wenn ich gestorben bin!* ... Nun! das ist immerhin ein Trost. Entschieden ist's! ... Mein Fräulein, morgen schlage ich mich mit Herrn Edmund!« – »Aber stille! kein Wort davon zu Constanze!« –»Ich werde den Mund nicht aufthun, mein Fräulein!«

In diesem Augenblick kam Constanze wieder herein. Da sie jedoch vermuthet hatte, daß es sich von Edmund handle, hatte sie ihrer Neugierde nicht widerstehen können und das ganze Gespräch zwischen Pelagie und Herrn Ginguet belauscht.

Indeß stellte sich die Jungfrau, als wisse sie von Nichts und heuchelte den ganzen Abend hindurch eine große Gemüthsruhe. Pelagie dagegen konnte ihren Ingrimm und Mißmuth nicht verbergen, und auch Herr Ginguet stieß von Zeit zu Zeit schwere Seufzer aus, welche darauf hindeuteten, daß ihm das für den andern Tag in Aussicht stehende Geschäft nicht sehr erwünscht sei.

Als man auseinander ging, drückte Constanze auf's Freundlichste die Hand des jungen Angestellten; dieser sagte sein Lebewohl wie Einer, der nie wiederzukehren fürchtet, obgleich Pelagie mit Blicken Alles aufbot, um seinen Muth aufrecht zu halten.

Am andern Tage früh Morgens schickte sich Ginguet an, Edmund in seiner Wohnung aufzusuchen. Er hielt Selbstgespräche in seinem Schlafzimmer, ging mit raschen Schritten und heftig gestikulirend auf und ab und stachelte sich selbst zur Tapferkeit auf. Wenn er schwach werden wollte, so gedachte er Pelagiens, und dann flößte ihm die Liebe Muth ein. Ein Gefühl ist fast immer der Verbündete eines andern.

Eben als er sein Haus mit einem entlehnten Degen verlassen wollte, wurde Ginguet von dem Thürsteher aufgehalten, der ihm einen Brief einhändigte. Der junge Mann öffnete und las:»Ich habe gestern Ihre Unterredung mit Pelagien angehört; Sie dürfen sich nicht für mich schlagen, lieber Herr Ginguet: denn Edmund hat mich nicht verleumdet, er hat Ihnen nur die Wahrheit gesagt ... Adieu! Sagen Sie Pelagien und ihrem Oheim, daß ich sie immer lieben werde, jetzt aber verlasse; denn da sie Alles wissen, könnten sie mich ihres Umgangs unwürdig halten.

Constanze.«

Nachdem Ginguet dieses Billet gelesen, entfiel ihm der Degen; er überlas es von Neuem, um sich zu vergewissern, daß er sich nicht getäuscht; dann beeilte er sich, seinem Nachbar den geliehenen Sarraß wieder zu bringen und lief zu Pelagie und ihrem Oheim. Zuerst fragte er sie, wo Constanze sei.

»Sie ist sehr frühe ausgegangen,« sagte Herr Pause,»ohne Zweifel, um eine Arbeit auszutragen; aber zurückgekommen ist sie noch nicht.«

Jetzt überreicht Ginguet Pelagien den erhaltenen Brief. Diese weint, wird untröstlich und erzählt ihrem Oheim Alles, was seit gestern vorgefallen. Herr Pause tadelt das Betragen seiner Nichte, welche Herrn Ginguet zu einem Zweikampf zwingen wollte, aber nimmermehr kann er glauben, daß Constanze strafbar sei.

»Nein, nein! sie ist es nicht!« ruft Pelagie aus,»und ihr Brief, worin sie sich selbst anklagt, beweist mir bloß, daß sie ein Duell und das Unterliegen ihres Vetters fürchtete; denn sie liebt ihn noch immer, sie hat nie aufgehört, sein Glück zu wünschen, das weiß ich gewiß ... ich! Aber wohin ist sie gegangen ... was soll aus ihr werden ... allein, ohne Freunde, ohne Trost! ... Herr Ginguet, Sie müssen Constanze durchaus wieder auffinden; ich erkläre Ihnen, daß Sie mein Gemahl nur werden, nachdem Sie mir meine unglückliche Freundin zurückgegeben ...« – »Aber mein Fräulein, ist es denn meine Schuld, daß Fräulein Constanze Sie verlassen hat?« – »Ihre

Schuld oder Unschuld kommt hier nicht in Betracht, mein Herr! Ich kann nur glücklich sein, wenn sie in meiner Nähe ist; und da ich glücklich sein will, wenn ich heirathe, so bleibt es dabei.«

Der arme Ginguet stürzte fort, indem er sich die Haare ausraufte und zu sich sagte:»Wenn es so fort geht, werde ich noch eher Finanzminister, als Fräulein Pelagiens Mann!«

Indeß begann er noch am gleichen Tage seine Nachforschungen. Jede Stunde, die ihm von seinen Berufsgeschäften übrig blieb, verwendete er, um die verschiedenen Stadtviertel nach Constanze zu durchforschen, aber er erfuhr nichts. Und wenn er so ohne Aufschluß zu Pelagien zurückkam, so machte ihm das Fräulein ein essigsaures Gesicht.

Während dies geschah, hatte in der Familie Bringuesingue sich Anderes begeben.

Der Schwiegervater wollte fortwährend, daß ihn sein Eidam in die Gesellschaft begleite; aber eines Tags hatte Edmund sich sogar zuerst über Bringuesingue's Mangel an guter Lebensart lustig gemacht; ja, ohne die Spöttereien seines Schwiegersohnes wären mehrere Abgeschmacktheiten, die der Alte sich zu Schulden kommen ließ, gar nicht bemerkt worden. Ein lebhafter Wortwechsel Beider war die Folge davon.

»Ich habe Ihnen meine Tochter gegeben, daß Sie meinen Geist herausfinden,« sagte Herr Bringuesingue.»Sie sind daran Schuld, daß ich Comtois entließ, der sich doch wenigstens an der Nase kratzte, wenn ich eine Unaufmerksamkeit beging; aber Sie erlauben sich zu lachen, wenn ich mich in einer Phrase verwirre! So kann es nicht fortgehen.«

»Sie wollen sich nicht mehr an das Piano setzen, wenn ich zu tanzen Lust habe,« sagte Madame Bringuesingue,»oder Sie spielen so schnell, daß man unmöglich im Takte bleiben kann und sogleich sterbensmüde wird. Das ist kein Betragen gegen eine Schwiegermutter.«

»Sie wollen mich niemals auf den Spaziergang begleiten,« sagte ihres Theils Clodora,»und ich liebe die Promenade sehr.«

Edmund hatte auf das Alles geantwortet:»Mein theurer Schwiegervater! als Sie mir Ihre Tochter zur Frau anboten, hätten Sie mir zum Voraus die Bedingung mittheilen sollen, daß ich auch Ihr Mentor sein müsse. Aber es ist zu spät, bei Ihnen die Bildung nachzuholen. Folgen Sie mir und suchen Sie nicht große Herren nachzuäffen! Es wird Ihnen nichts gelingen, als sich dem Spott preiszugeben. – Meine theure Schwiegermutter! ich tadle Sie nicht, daß Sie den Tanz lieben, aber ich kann mein Leben nicht als Ihr Tanzorchester zubringen. – Was Sie betrifft, Madame, so führe ich Sie darum nicht öfter spazieren, weil Sie fortwährend gähnen, wenn ich mit Ihnen rede; ich zog daraus den Schluß, daß Ihnen meine Unterhaltung und Gesellschaft nicht gefalle.«

Edmunds Antwort hatte die Gemüther nicht beruhigt; noch viel schlimmer ging es, als man von allen Seiten Leute herbeiströmen sah, denen der junge Mann Geld schuldig war; als man entdeckte, daß er beinahe die ganze Mitgift seiner Frau verspekulirt hatte.

Clodora weinte, ihre Mutter fiel in Ohnmacht und Herr Bringuesingue wollte seinen Eidam in's Gefängniß werfen lassen, bis er die so leichtsinnig vergeudete Summe wieder beigeschafft habe; da aber der Schwiegervater dieses Recht nicht besaß, so begnügte er sich mit dem Befehl, daß Edmund sein Haus verlasse; so lange er arm sei, nicht wieder dahin zurückkehre, und Clodora nicht mehr als seine Frau betrachte.

Edmund hatte das Recht, seine Frau mit sich zu nehmen, aber er war nicht versucht, davon Gebrauch zu machen; er ließ Clodora bei ihren Eltern und schied von der Familie Bringuesingue mit dem einzigen Bedauern, kein Junggeselle mehr zu sein.

Edmund quartirte sich in ein kleines Mansardenzimmer ein; dort verfertigte er Gemälde, die nicht mehr Werth hatten, als überpinselte Kamin-Vorderseiten; aber er fand Absatz dafür und lebte davon; denn aller Vergnügungen und der großen Welt satt, ohne Freunde, ohne Geliebte, ging Edmund fast niemals aus dem Hause und arbeitete die ganze Zeit. Er erstaunte über den Geschmack, den er dieser neuen Lebensweise abgewann; er war ganz betroffen darüber, daß er in emsiger Geschäftigkeit sein Glück fand, und sagte zu sich: »Hätte ich früher die Anerbietungen des Herrn Pause nicht ausgeschlagen, so wäre ich sicherlich an Constanzens Seite noch glücklich geworden; bei Arbeit, Ordnung und Sparsamkeit hätten wir nimmermehr gedarbt. Ach, die Eigenliebe hat mich zu Grunde gerichtet! Ich verschmähte das Glück, das mir zunächst lag, und verschwendete mein Leben in unbesonnenen Streichen, weil ich immer glaubte, Alles besser zu verstehen, als andere Menschenkinder! ich habe das Vermögen, das mir meine Mutter hinterließ, vergeudet, habe meine Cousine ruinirt und die Mitgift meiner Frau verschleudert, weil ich Poet, Musiker und Spekulant zu sein wähnte! ... und das Alles ohne weiteren Beruf, als jene Einbildung, vermöge deren ich schon zu meinen Pensionskameraden sagte: O, wenn ich wollte, könnte ich Alles wohl besser als ihr!«

Diese Betrachtungen kamen freilich etwas spät; aber es ist immerhin ein Verdienst, seine Fehler, wenn auch spät, einzusehen. Gibt es doch Leute genug, welche auch die Erfahrung nicht bessert!

Seit einem Jahre ungefähr verfertigte Edmund kleine Gemälde, als er einen Brief erhielt, worin ihm Herr Bringuesingue berichtete, daß seine Tochter Clodora an der Maulsperre gestorben sei, aber sterbend verordnet habe, daß ihre Eltern ihren Gemahl zum Erben einsetzen. Herr und Frau Bringuesingue haben ihrer Tochter geschworen, ihren letzten Willen zu erfüllen, unter der Bedingung, daß bei ihren Lebzeiten der Tochtermann nichts von ihnen verlange.

Edmund antwortete Herrn Bringuesingue, daß ihn das letzte Andenken seiner Frau rühre, und bat denselben, über sein Vermögen nach freiem Willen zu verfügen. Edmund fing in der That an, ein echter Künstler zu werden und setzte das Glück nicht mehr in Reichthümer. Er hatte Geschmack an der Arbeit gewonnen: was er producirte, war weniger schlecht und wurde ihm besser bezahlt. Nach einiger Zeit errang er die Meisterschaft, und man bestellte große Gemälde bei ihm.

Jetzt verließ er sein Mansardenzimmer und konnte ein kleines Logis mit einem Atelier miethen. Erst seit drei Monaten bewohnte Edmund sein neues Lokal, worin er sehr zurückgezogen lebte, als eines Abends eine alte Frau bei ihm anklopfte. Es war eine Nachbarin: sie wohnte einen Stock höher als Edmund; aber dieser kannte keinen seiner Hausgenossen.

Die gute Alte zerfloß in Thränen; sie sagte zu Edmund:»Um Gottteswillen, mein Herr, helfen Sie mir einem jungen Frauenzimmer beispringen, das sehr krank ist ... sie wohnt droben in demselben Stock mit mir ... Sie lebt allein, geht niemals aus, arbeitet den ganzen Tag und besucht Niemand als mich, der sie tausend kleine Dienste leistete. Aber vorgestern wurde sie plötzlich krank und heute hat sie ein schreckliches Fieber ... das Delirium ... Ich weiß ihr aber nichts einzugeben und möchte sie doch nicht allein lassen, während ich einen Arzt hole.«

Edmund folgte der alten Nachbarin auf der Stelle; sie führte ihn in die Stube der Kranken. Hier war alles einfach, bescheiden, aber sauber und behaglich. Ohne den Grund zu ahnen, fühlte sich der junge Mann gerührt, als er dem Bette der jungen Frau nahte; aber wie wurde ihm, da er in der Kranken, die er zu hüten kam, seine Cousine erkannte!

»Constanze!« rief Edmund aus.

»Sie kennen diese junge Dame?« fragte die alte Frau.

»Ob ich sie kenne? ... es ist meine Cousine ... sie sollte meine Gattin werden und war lange Zeit meine beste Freundin ... Constanze! arme Constanze! Aber sie hört und kennt mich nicht! ... Madame, eilen Sie, holen Sie einen Arzt. Ich meinerseits gehe nicht wieder von der Stelle, ich verlasse meine Cousine nicht mehr, bevor sie außer Gefahr ist.«

Die alte Frau geht hinweg. Edmund bleibt allein bei Constanze, welche ein heftiges Delirium hat und in ihrem Irrereden oft den Namen Edmund nennt. Dieser lauscht aufmerksam auf die Worte der Kranken und vernimmt bald Folgendes: »Er hat mich für schuldig gehalten ... mein Gott! er hat geglaubt, ich liebe einen Andern als ihn ... aber es geschah, damit seine Hand frei werde ... Dieser Brief ... ich hatte ihn diktirt ... ich behielt das Concept ... dort, in einer Brieftasche, die er mir gegeben hat ... weiter besitze ich Nichts von ihm ... und da habe ich Alles aufbewahrt, was ich gethan, damit er glücklich werde.«

Bei diesen Worten bezeichnete die Kranke eine kleine Lade, die auf einer Kommode stand. Edmund, dem es jetzt zum erstenmal einfiel, daß seine Base sich für strafbar erklären konnte, um ihm seine Freiheit zurückzugeben, und dem bei dem Gedanken an eine solche Hingebung die Thränen in's Auge stürzten! ... Edmund eilte zu der Lade, öffnete sie und fand darin die Brieftasche, welche er einst seiner Cousine geschenkt, und in derselben das Concept eines Briefes von der Hand seiner Base. Er liest; es ist der Inhalt des Briefes, den er empfangen und worin man ihm den Beweis anbot, daß Constanze ihn nicht mehr liebe.

Edmund erkennt jetzt die ganze Großherzigkeit seiner Cousine, welche, nach der Hingabe ihres Vermögens, ihm auch die höchsten Güter einer Frau, ihre Ehre, ihren Ruf geopfert hatte. Er stürzt Constanze zu Füßen, er faßt ihre Hand, die er mit Thränen badet, indem er um Verzeihung fleht, daß er sie habe schuldig wähnen können, und sich verflucht, eine Jungfrau unglücklich gemacht zu haben, welche seiner Liebe so vollkommen würdig war. Aber Constanze vernimmt ihn nicht: ihr Delirium dauert in gleicher Stärke fort und der Zustand, worin er sie sieht, vermehrt Edmunds Reue und Verzweiflung noch.

Die alte Nachbarin brachte einen Arzt mit, der nicht für das Leben der Patientin stehen zu können erklärte und sich nach Verschreibung seines Recepts entfernte.

Constanze brachte eine schreckliche Nacht zu; Edmund hatte kein Auge geschlossen; die alte Nachbarin aber konnte dem Schlaf nicht widerstehen; sie schlief tief und Edmund fühlte wohl, daß die arme Alte ihm in der Verpflegung Constanzens nicht von großem Nutzen sein könne. Aber plötzlich ist ihm eine Erinnerung durch den Kopf gefahren; gleich nach dem Anbruch des Tages und Erwachen der Nachbarin geht Edmund aus und eilt schnurgerade in das Haus des Herrn Pause. Hier erzählt er Alles, was ihm begegnet, Alles, was er von dem schönen Betragen seiner Cousine weiß, und er hatte seine Erzählung noch nicht geendigt, als Pelagie, welche während des Zuhörens eiligst Hut und Shawl genommen, ihm zurief: »Führen Sie mich an ihr Bett ... Ach! ich kannte sie besser als Sie, und ich habe sie nie für strafbar gehalten.«

Neun Tage nach diesem rettete ein Krisis Constanzen, welche, immer delirirend, mit dem Tode gerungen hatte, das Leben; völlige Ermattung war darauf gefolgt, sodann ein sanfter, wohlthuender, stärkender Schlaf, und als Constanze die Augen öffnete, lächelte sie wie Jemand, der seine Leiden schon völlig vergessen hat. Aber man stelle sich ihre Ueberraschung vor, als sie Pelagie, den guten Herrn

Pause, ihren Vetter und sogar Herrn Ginguet neben ihrem Bett erblickte.

»Träume ich?« fragte Constanze, die Augen wieder schließend, aus Furcht, ihre Illusion schwinden zu sehen.

»Nein,« antwortete Edmund, ihre Hand sanft drückend; »nur die Vergangenheit ist ein Traum ... aber Du sollst ihn vergessen, liebe Cousine! Du bist schon so großmüthig gegen mich gewesen, daß Du es noch ferner sein wirst ... ich kenne jetzt Deine Hingebung ... Der Himmel hat mich endlich frei gemacht, damit ich meine Fehler wieder ganz verbessern kann. Noch einmal, Constanze, die Vergangenheit ist nur ein Traum und Dein Verlobter steht wieder vor Dir, wie an jenem Tage, wo unsere Mütter unsere Hände und unser Schicksal mit einander verbanden.«

Constanze konnte nicht mehr antworten; sie vergoß Freudenthränen, und diese mächtige Gemüthsbewegung beförderte ihre schnelle Wiedergenesung.

Kurz darauf heirathete Edmund seine Cousine; da sah Herr Ginguet Pelagien seufzend an und sagte zu ihr:»Ich kann nichts dafür, daß ein Anderer Ihre Freundin wieder auffand; ich lief jeden Tag zwei bis drei Stunden in Paris herum, um sie zu suchen.«

Pelagie antwortete einfach durch Darreichung ihrer Hand, und wahrlich, der arme Junge hatte sie redlich verdient.

Uebrigens kann ich nicht behaupten, daß Pelagie stets den Willen ihres Mannes that; dagegen gebe ich euch die feste Versicherung, daß Herr Ginguet niemals einen andern Willen hatte, als den seiner Frau.

Über tredition

Eigenes Buch veröffentlichen

tredition wurde 2006 in Hamburg gegründet und hat seither mehrere tausend Buchtitel veröffentlicht. Autoren veröffentlichen in wenigen leichten Schritten gedruckte Bücher, e-Books und audio-Books. tredition hat das Ziel, die beste und fairste Veröffentlichungsmöglichkeit für Autoren zu bieten.

tredition wurde mit der Erkenntnis gegründet, dass nur etwa jedes 200. bei Verlagen eingereichte Manuskript veröffentlicht wird. Dabei hat jedes Buch seinen Markt, also seine Leser. tredition sorgt dafür, dass für jedes Buch die Leserschaft auch erreicht wird.

Im einzigartigen Literatur-Netzwerk von tredition bieten zahlreiche Literatur-Partner (das sind Lektoren, Übersetzer, Hörbuchsprecher und Illustratoren) ihre Dienstleistung an, um Manuskripte zu verbessern oder die Vielfalt zu erhöhen. Autoren vereinbaren direkt mit den Literatur-Partnern die Konditionen ihrer Zusammenarbeit und partizipieren gemeinsam am Erfolg des Buches.

Das gesamte Verlagsprogramm von tredition ist bei allen stationären Buchhandlungen und Online-Buchhändlern wie z. B. Amazon erhältlich. e-Books stehen bei den führenden Online-Portalen (z. B. iBookstore von Apple oder Kindle von Amazon) zum Verkauf.

Einfach leicht ein Buch veröffentlichen: **www.tredition.de**

Eigene Buchreihe oder eigenen Verlag gründen

Seit 2009 bietet tredition sein Verlagskonzept auch als sogenanntes "White-Label" an. Das bedeutet, dass andere Unternehmen, Institutionen und Personen risikofrei und unkompliziert selbst zum Herausgeber von Büchern und Buchreihen unter eigener Marke werden können. tredition übernimmt dabei das komplette Herstellungs- und Distributionsrisiko.

Zahlreiche Zeitschriften-, Zeitungs- und Buchverlage, Universitäten, Forschungseinrichtungen u.v.m. nutzen diese Dienstleistung von tredition, um unter eigener Marke ohne Risiko Bücher zu verlegen.

Alle Informationen im Internet: **www.tredition.de/fuer-verlage**

tredition wurde mit mehreren Innovationspreisen ausgezeichnet, u. a. mit dem Webfuture Award und dem Innovationspreis der Buch Digitale.

tredition ist Mitglied im Börsenverein des Deutschen Buchhandels.

Dieses Werk elektronisch lesen

Dieses Werk ist Teil der Gutenberg-DE Edition DVD. Diese enthält das komplette Archiv des Projekt Gutenberg-DE. Die DVD ist im Internet erhältlich auf **http://gutenbergshop.abc.de**

FSC
www.fsc.org
MIX
Papier | Fördert
gute Waldnutzung
FSC® C083411

Zeitfracht Medien GmbH
Ferdinand-Jühlke-Straße 7
99095 Erfurt, Deutschland
produktsicherheit@kolibri360.de